猫は迷探偵

月刊『ねこ新聞』監修

竹書房文庫

目次

編集　柴田洋史
装幀　河上妙子デザイン事務所
装画・挿画　浅生ハルミン

The cat is an inept detective.

猫占い

恩田 陸（作家）

猫とは、遭遇するものである。

ついおとといも、渋谷の路地裏をほろ酔い気分で歩いていたら、フト足元に面妖な気配が。見ると、まるでデコイか漬物石のような重量感溢れる猫が道端にどっしりと座りこんでいた。彼だか彼女だかは、「おお、猫だ猫だ」と近寄る我々酔っぱらいを興味なさそうに一瞥《いちべつ》すると、そのままぷいとよそを向き、立ち去るどころか立ち上がろうともしない。全く相手にされなかった我々は、なんだよ、ちっ、お高く止まんなよ、メタボ猫め、とブツブツ文句を言いながら次の店に吸い込まれた。

えてして、野良猫は不健康な場所にいる。銀座や新橋の路地裏の、赤ちょうちんの換気扇の近くにいるという点では、猫と酔っ払いは遭遇率が高い。犬ではこうはいかない。さんさんと降り注ぐ朝日、もしくは人々が家路を急ぐ黄昏時を主人ときびきび歩いているので、私のような不健康な人間にはちょっと近寄りがたいのである。

だから、近所の神田川沿いを散歩していても、背筋を伸ばしてタッタッタッと歩く、いかにも健康的な犬族の皆さん及びそのご主人の皆さんとすれ違う度に、「起きたの昼すぎですみません、二日酔いですみません、よろよろ歩いててすみません」とうなだれてしまうのであった。

そんな時、猫に遭遇すると、ちょっと嬉しい。橋の袂《たもと》や車の屋根やブロック塀の上でだらりと寝そべり、欠伸《あくび》なんかしていてくれると同志を見つけたかのような安堵を覚える。住宅街の駐車場で、両手両足をいっぱいに伸ばして爆睡しているのを見ると「さすがに寛《くつろ》ぎすぎではないか」と思うが（それでも敵もさるもの、近づいていくと、「ハテ」というように片目だけ開けてこちらを窺うところが凄い）。パンクチュアルな犬に比べて、猫は時間の「溜まり場」を見つけるのがうまく、彼らのいる場所はたぶん人間がいてもほっとひと息つける、ちょうど足を止めて一服したくなる、日常の隙間のような気がするのである。

私は以前、西洋音楽は一方方向に時間が流れているが、日本の音楽は時間が行きつ戻りつし、一か所でたゆたっていたりする、と小説の中に書いたことがあるけれど、猫の時間も小唄か都々逸《どどいつ》のように、ゆらゆら過去と現在を自在にさすらっているような気がするのだった。

そんなシンパシーからか、いつのまにか、散歩する時は遭遇した猫の数を数えるのが習慣になった。だいたいこの辺りにいる、というのは頭に入っているのでそのポイントが近づくときょろきょろ探すのだが、予想通り会えることは少ない。ゼロという日が何日も続くと暗い気分になるし、たまに九匹くらい会えるとものすごく得した気分になる。私が子供のころ、町で遭遇したフォルクスワーゲンの数を数え、多いほどラッキーだとか、遭遇したら「ハッピーアイスクリーム」と唱えなければならない、などという意味不明なおまじないが流布していたが、それに近いようなものであろうか。

よく考えてみると、私の書く小説の中には結構猫がたくさん登場している。名前を思い出してみても「しじみ」と「きなこ」(なんとなく、見た目が想像できますね?)、「ギンナンナン」(これは黒猫で目玉が銀杏に似ているから)、「サニー」と「サイド」(サニーサイドアップ=目玉焼きから取った)、と皆食べ物関係の名前なのに自分でも驚く。なのに、登場させている割には、「猫を飼いたい」と思ったことが一度もない。「犬を飼いたい」という願望はあるのに。なぜなら、猫とは飼うものではないからだ。猫とは、遭遇するものなのである。

おんだ・りく

1964（昭和39）年、宮城県生まれ。作家。早稲田大学卒業。92年『六番目の小夜子』（新潮社）でデビュー。主な作品に『夜のピクニック』（新潮社・第26回吉川英治文学新人賞受賞）、『ユージニア』（角川書店・第59回日本推理作家協会賞長編・短編部門受賞）、『中庭の出来事』（新潮社・第20回山本周五郎賞受賞）、『きのうの世界』（講談社）、『夢違』（角川書店）、『私と踊って』（新潮社）、『夜の底は柔らかな幻』（文藝春秋）他多数。映像化されたものも多い。SF、ホラー、ミステリーなどカバー範囲は広く、近年は戯曲も執筆している。近刊に『ブラック・ベルベット』（双葉社）、『消滅-VANISHING POINT』（中央公論新社）等。

猫という故郷

酒井順子（エッセイスト）

友達には恵まれている私ではありますが、しかしもしかすると今までで最も気が合う友達はキナコだったかもしれない、と思うことがあります。

キナコとは、私が高校生の時に、我が家にもらわれてきた猫。兄が連れてきた時、私達が安倍川餅を食べていたことからの命名です。

猫を飼うのは初めてでしたが、今で言うならツンデレ系の性格のキナコに、私は夢中になりました。その時は犬も飼っていたのですが、いつも無邪気な犬とは違って、キナコは人前ではツンとしていても、二人きりになるととても優しいのです。

落ち込んでいる時、勉強でイライラしている時、キナコにどれほど慰められたことでしょう。夜遊びして深夜に戻ると、キナコは家の前の路上に座って待ってくれていたのであり、まるで共に夜遊びをしたかのように、こっそり一緒に家に入ったりもしたものでした。

キナコはあの頃確かに、青春時代の私の悩みやつらさを、わかってくれていた気がしてなりません。自分の部屋で、

「あーあ……」

とため息をもらすと、キナコはただそのザラザラとした舌で私の指をそして顔を舐《な》め、甘噛《あまが》みしてくれたものです。言葉を話さぬ猫であるからこそ、その励ましは私の心に沁み入った。

キナコとは毎晩一緒に寝ていたのですが、やがて二十代後半になってから私が一人暮らしをすることによって、別れが訪れました。キナコと離れるのはつらいけれど、しかしいい加減私も大人だし……と実家を出た私は、キナコに会いたいがために、頻繁に実家に戻ってきたものです。

そしてそれは、私が一人暮らしを始めた後に初めて迎える、大晦日の晩のこと。年始を実家で過ごすことにした私は、友人達と紅白を見たりしながら年越しをした後、深夜にタクシーで実家に戻りました。少しだけ期待しましたが、家の前を見ても、キナコは待っていません。

私の部屋のベッドはそのままになっていましたが、もうそこにもキナコはいない。きっと今は、母親か父親かの寝床に入っているのだろうなぁと、寂しい気持ちで冷え

たベッドに入ったのです。

……と、眠りに落ちたか落ちないか、その瞬間。横を向いて寝ていた私の頬に、なめらかで冷たい「毛」が触りました。その「毛」は、顔の前を通り過ぎると布団をクッと持ち上げ、中に入ってくる。そして私の腹と太ももの間にできる空間に、キュッとはまったではありませんか。

心の中で、

「キナにゃ〜ん!!」

と叫んだ私は、もう感動でいっぱい。どうして私が帰ってきたことがわかったの？という気持ちと、布団に入ってきてくれた嬉しさとで、ほとんど泣きそうになったの

です。これが、故郷に帰る喜びというものなのかも。猫と寝る喜びをしばらく忘れていた私は、キナコとの共寝を、三が日の間、存分に味わいました。

実家を出た私だのに、戻ってきたら律儀に一緒に寝てくれる。そんなキナコに対して、私はますますの友情を感じるようになりました。つらいことがあっても、実家に帰ってキナコが「あなたも大変ね」と、ひと舐めしてくれれば、元気になることができたのです。

私が実家を出てから数年した後、キナコは他界しました。それから私は、違う猫を飼ったことがありません。仕事の事情などもあるけれど、しかしもしかすると、次に飼った猫との間に、キナコとのような友情を築くことができないのが怖いせいなのかも。と同時に、次の猫との間に、キナコと以上の友情を築いてしまうのも、キナコに対して申し訳ないような気がする私。……案外、猫に対する操は、立てるのです。

さかい・じゅんこ
1966（昭和41）年、東京都生まれ。エッセイスト。立教大学卒業。在学中から、雑誌『オリーブ』（マガジンハウス）にエッセイを寄稿。卒業後広告代理店に入社。3年後に退社し、執筆業に専念。03年に発表した『負け犬の遠吠え』（講談社）で講談社エッセイ賞と婦人公論文芸賞受賞。著書に『おばあさんの魂』（幻冬舎）、『この年齢だった』（集英社）、『女流阿房列車』（新潮社）、『金閣寺の燃やし方』『泣いたの、バレた？』（ともに講談社）、『裏が、幸せ。』（小学館）等多数。近著に『気付くのが遅すぎて、』（講談社）がある。

神社の猫

木内 昇（作家）

かつて出版社に勤めていた頃、Hさんという上司のもとで働いた。ひ弱で理屈っぽい印象の男性が多い出版界にあって、珍しくバンカラな気質を持った編集長だった。インターハイ常連校のサッカー部にいたとかで、仕事の手が空いたときなど編集部内だというのに平気でサッカーボールを蹴る。部下を叱るとき「なにやってんだ、てめぇは」と、ドスの利いた声を出す。度を超した酒豪で、酒席でよく大失敗をやらかす。ずいぶん乱暴な人だなぁ、とはじめの頃は少々近寄りがたかった。

とはいえ、私も学生時分はスポーツ三昧の体育会系。しかもそこそこ強豪のソフトボール部に在籍していたので、Hさんの言動はどこか馴染みのあるものでもあった。青春期に似たような日々を送っていた者同士というのは、歳を取ってから出会っても案外気脈を通じられるのだ。

実際、私とHさんは、早めに仕事が終わるとよく飲みに行くようになった。愚痴っぽい酒ではない。代わりに、好きなものの話を延々とする。サッカーのこと、最近読んだ小説のこと、それから猫のこと――。マンションだから今は猫が飼えないんだ、と口惜《くちお》しそうにしながらも、猫を語るときのHさんは、サッカーや小説を話題にしたときの熱い口調とは違って、至極穏やかな表情を見せたものだった。

「Hさん、神社のところの猫に餌やってるんだよ」

同僚から聞いたのは、その編集部に配属になって一年が過ぎた頃だったろうか。他の編集部員たちは一様に「意外！」と驚いていたから、Hさんは猫好きだということを積極的に周りには言っていなかったのだろう。強面《こわもて》の編集長で通っていただけに、少し気恥ずかしかったのかもしれない。

会社近くの神社の境内には野良が数匹住み着いていて、コンビニやデザイン事務所に行く道すがら、私もよく眺めていたのだった。愛猫家の社員の間では有名なスポットだったけれど、餌までやっていた者はいなかったと思う。噂《うわさ》によればHさんは、わざわざ猫缶を買って行き、猫たちが食べるのを見守っているらしい。身体の大きな人だったから、その姿を想像するだに滑稽で、私は思わず噴き出したのだ。

ある日、デザイン会社に行く途中、神社の境内にHさんを見つけた。しゃがみ込んだ彼の周りには、猫が四、五匹群がっている。噂は本当だったんだ。私は気軽に声を掛けようとして、とっさに思いとどまった。

猫を見詰めるHさんの横顔が、とても静かだったためだ。日頃の豪放磊落《らいらく》な様はすっかり影を潜めている。私は思わず忍び足で後ずさり、そのまま神社をあとにした。

道を急ぎながら、Hさんの「編集長」という立場を思った。私たち部下にとっては頼りがいのある存在だけれど、その分、責任者としての様々な苦労や悩みをひとりで抱えているのだろう。ああして束の間《つかま》、猫と接することで安らぎを得ているのかもしれない。一心不乱に餌を食《は》む猫のたくましさに励まされているのかもしれない。そうと思えば、部下のひとりとして申し訳ないような心持ちになった。

異動で編集部が別になっても、Hさんとは折を見て飲みに行った。相変わらず目を細めて猫の話をしていたけれど、私は神社で見たことを打ち明けはしなかった。Hさんは、自分の弱い部分をけっして人に見せないことを知っていたからだ。

Hさんが急に逝ってしまったのは、それからすぐのことだった。見るからに丈夫で、病気なぞ寄せ付けそうもない人だったから、私はいつまでも信じられずぼんやりしていた。

今でも時々、Hさんはあのときなにを考えていたのかな、と想像する。具体的にはわからないけれど、神社の猫たちを眺めることで、厄介ごとが渦巻く頭の中を整理して、自らを取り戻していたのではないだろうか。Hさんの年齢を超えて、そんなふうに思うようになった。

きうち・のぼり
1967（昭和42）年、東京都生まれ。作家・編集者。中央大学文学部哲学科卒業後、出版社勤務を経て独立。インタビュー雑誌『Spotting』を主宰するなど、フリーランスの編集者、ライターとして活躍。04年『新選組幕末の青嵐』（アスコム／集英社文庫）で小説家デビューし、08年『茗荷谷の猫』（平凡社／文春文庫）が大きな話題を呼ぶ。09年早稲田大学坪内逍遙大賞奨励賞、11年『漂砂のうたう』（集英社）で直木賞、14年『櫛挽道守』（集英社）で中央公論文芸賞、柴田錬三郎賞、親鸞賞を受賞。

〝ささっ〟の猫

藤田宜永（作家）

十七年一緒に暮らしたゴブが死んで五年が経った。そして、四年前、後に居着いたトラが行方をくらました。トラも推定だが十七歳ぐらいだった。

二匹の猫を失った時、僕はもう二度と動物は飼わないでおこうと心に決めた。

その決心がもろくも崩れたのは去年の二月である。住まいの近くに野良猫の親子がいて、友人のKさんが餌をやっていた。

親離れする時期と冬の季節がぶつかった。軽井沢の冬は厳しい。Kさんは仔猫が冬を越せるだろうかと心配し、避妊させる目的もあって捕獲作戦に出た。Kさんはすでに二匹の猫を飼っているので、新たな猫を同居させるのは難しい。積極的に我が家で飼うという気持ちはなかったが、Kさんの思いに押し切られた格好で、引き取ることになった。

引き取ったのは二匹。よく顔の似た姉妹である。我が家に来た時、すでに両方とも生後八ヶ月ぐらいになっていた。

目が開いたか開かないかの仔猫だったら問題はないが、それぐらい成長してしまっているると慣れるのに時間がかかるだろうと危惧した。

僕の不安は的中した。一年経った今でも、二匹とも触らせてくれない。餌の時、玩具で遊んでもらえる時には寄ってくるのだが、手を差し出すとさささっと逃げしてしまう。

姉妹は異様に仲が良く、寝る時も遊ぶ時も一緒である。野良猫だったくせに、不思議なことに外にはまるで興味を示さず、脱走する気配すら見せない。実に幸せそうに暮らしていることだけは間違いない。

もしも一匹だけ引き取っていたら、寂しくて僕たちに擦り寄ってきたかもしれないが、生まれた時から共に過ごしている相手が一緒だから充足しているようだ。

名前は至極単純。桃とクロである。一匹は鼻の頭が桃色、もう一匹は黒だから、そう名付けた。

桃の方が無邪気で活溌。クロの方は警戒心が強い。先に触れることできるとしたら桃の方だろう。しかし、それをきっとクロは許さないに違いない。姉妹の結束が崩れないように、ネコ語で、「あのふたりは悪い人じゃないけど、人間は人間。あまり仲良くしちゃ駄目よ」と桃の行動に文句を言っているような気がしてならない。

なつかないと言っても、この一年で進歩がなかったわけではない。桃は、カミさんの部屋には入ってゆき、近くでごろりと寝転がったりするようになった。クロはその後ろにいて、じっと様子を窺っている。

猫は女性の声の方が好きである。動きも大人しいから、よりカミさんに心を開いている。

カミさんが呼びかけると、桃は可愛く鳴く。しかし、僕が同じように名前を呼んでも反応なし。時には、声をかけた途端、さささっと逃げてゆくのである。

すこぶる感じが悪い。この差に、カミさんも思わず吹き出し、時には慰めの言葉を口にする。

虐《いじ》めたこともないし、餌もやり、ネズミの玩具で遊んでやっているのに、この仕打ちはないだろう、と嘆きたくなることもある。

猫の行動学に詳しい獣医にビデオを見せ、何か方法はないかと相談してみたが、これぞという解決策は見つからなかった。

桃とクロがゴブやトラぐらいの年数を生きたとしたら、僕は七十五歳になっている。どっちが先に逝くか分からない。桃とクロが膝の上に乗ってくる頃には、ボケてしまっていて、猫と遊ぶ愉《たの》しみも認識できなくなっているかもしれない。

いずれにせよ、今は、野良猫を室内で飼っていると思うしかない。

狭い家だから、時々、廊下や階段ですれ違う。例によってさささっと逃げる。その後ろ姿を見ながら僕は嫌味を言ってやる。

「久しぶりだな。元気？」今のところ、そんな愉しみしかあたえてくれない猫だが、それはそれで可愛いものである。

ふじた・よしなが
1950（昭和25）年、福井県生まれ。作家。早大中退。パリに7年滞在中、猫と同居。86年『野望のラビリンス』（角川書店）で小説家デビュー。95年『鋼鉄の騎士』（新潮社）で第48回日本推理作家協会賞、96年『巴里からの遺言』（文藝春秋）で日本冒険小説協会最優秀短編賞。その後、『樹下の想い』（講談社）で恋愛小説の世界を開拓。99年『求愛』（文藝春秋）で島清恋愛文学賞。01年『愛の領分』で第125回直木賞など受賞歴多数。『愛さずにはいられない』（集英社）、『戦力外通告』『老猿』『還暦探偵』（いずれも講談社）、『和解せず』（光文社）ほか著書多数。近著に『血の弔旗』（講談社）、『怒鳴り癖』（文藝春秋）がある。

吾輩は猫である。まだ、なめられてはいない

北村 薫（作家）

――烏の勘公が行水を使ったり、水葵を食ひ散らしたりした水甕におつこちて、吾輩はもう駄目だと思ったから、天璋院様の御祐筆《ごゆうひつ》の妹のお嫁に行つた先のおつかさんの甥の娘だと云う二弦琴のお師匠の……

冒頭の一文だけ引こうと思ったが、まだまだ続く。これで半分ぐらいだ。《水甕におつこちて、吾輩はもう駄目だと思つた》というところから、想像がおつきかと思う。この《吾輩》はあの吾輩だ。日本で一番、人に知られた吾輩。おそらくは最も語られることの多い猫。それが主人公となる『贋作吾輩は猫である』である。――いや、《『……である』である》、というのは《柳家小さんさん》のようにくどい。

それはともかく、内田百閒によって書かれた作で、『猫』の続編という形をとっている。

わたしが読んだのは、もう四十年ぐらい前になる。古書店で買った、角川の『昭和

文学全集』に入っていた。ほこりを払って開いてみると、昨年、テレビの視聴率合戦で大勝利をおさめて評判になった《天璋院様》の名前が出て来たのに、ふーん、と思った。ちなみに、この《二弦琴のお師匠さん》は、漱石の『猫』の登場人物なのである。

さて、これを買ったのも、尊敬する先輩が百閒を読んでいたからだ。その先輩が、《漱石の『猫』にはパロディめいたものが数多い、まず第一に、題がもじりやすいからだろう》といった。いくつか教えてもらった。『吾輩はナントカである』の系列には驚かなかった。『犬であ』ろうと、仮に『ティラミスであ』ろうと想定内だ。だが、『吾輩も猫である』には足をすくわれた。

――そう来るのか！

つまりですね、『もののけ姫』が話題になった時、すぐ『ものぐさ姫』などという人が出た。これは誰でも考える。もじりともいえないようなものである。ところが――『おのろけ姫』というのがあった。これには膝を打った。ちょっとした変化なのだが、こういうところに微妙な喜びを感じてしまう。

ところで生きた猫様の方も、世に『吾輩も――』があったりするように多種多様だ。

うちの奴は、『坊ちゃん』ならぬ、お人よしの『お坊ちゃん』という感じ。全く、人見知りしない。誰に抱かれても安心しきって身を預ける。

朝はまだ暗い内から起こしに来るわけだが、夏だと、こちらの足に顔をこすりつける。足の親指の爪が、人間の体の中で、一番、堅い。

だから《いい感じ》なのだろう。

ところが冬になると、そこは布団の中だ。だから、《来たな》と思うと左手を布団から出し、爪の先を剣山のように立ててやる。すると、横顔の耳から口の端辺りを、盛んにこすりつけてくる。こちらがはっきり目覚めて来ると、左右の指を顔の両側で、ガソリンスタンドの車洗い機のように動かし、掻《か》いてやることになる。

——うーん、人の手も借りたい。

という表情で、彼は目を細めている。

どの猫でも同じかと思うと、それぞれ違うらしい。

——いやあ、中には、猫同士で幸せそうに、なめあってるのがいますからね。それを見ると、掻かれるより、どうもなめられたいようです。

かと思うと、

——ポイントは何といっても額ですね。額を撫《な》でてやるのが一番。

という人もいる。

――へえ、そうなんですか。

――はい、小猫の時、親にここをなめられてますんでね。――そっと、そぉーっと、こうしてやると落ち着くんですよ。――なあ、そうだよなあ。

と、猫に同意させている。

いいといわれることは何でもしてやりたいから、顔の横を掻きつつ、額も撫でてやるようになった。ただ、今のところ、まだ、なめてはいない。

きたむら・かおる
1949（昭和24）年、埼玉県生まれ。作家。早稲田大学第一文学部卒。在学中よりミステリー評論などを手掛ける。卒業後は高校の国語教師。89年、『空飛ぶ馬』でデビュー。91年、『夜の蝉』で日本推理作家協会賞、09年『鷺と雪』（文藝春秋）で第141回直木賞受賞。著書に『スキップ』（新潮社）、『街の灯』『玻璃の天』（ともに文藝春秋）、『ニッポン硬貨の謎』（東京創元社）等著書多数。近著に「円紫さん」シリーズ最新作『太宰治の辞書』（新潮社）、『中野のお父さん』（文藝春秋）がある。

アメリカの小さな町の猫

長田 弘（詩人）

長いあいだ、北アメリカの広大な大陸を走るカントリー・ロードを、じぶんで運転して、小さな町から小さな町へ、まるで巡礼のように走りつづけていたことがある。地図一枚だけを頼りに、インターステート（州間高速道路）を走らずに、町々をつないでゆく古くからの道をゆくことそのものが目的の独りの旅の、いわば道祖神だったのは、通り過ぎる小さな町々で出会ったさまざまな猫たちだった。

チョコレート色の山々が地平につらなる砂漠の町の猫。おそろしく険しい山峡の道の果ての町の猫。風景のなかにすっぽり埋まったような、人の姿のまったくない町の猫。小さな教会と貯水塔のほかは何もなかった町の斑猫《まだら》。人影のない通りをほんの数分走るだけで、もう町を出てしまう町の猫。人の姿一つないのに、気配を感じて目をやると、怒ったアインシュタインみたいな顔をした猫が一匹、遠くからじっとこっちを見つめていたアパラチアの山の町。

壊れそうな板張りで老朽した納屋としか見えないのに、入ってみたら、店のなかはみごとなまで清潔で、どうしてと思うくらい料理がおいしかった、大草原の小さな町のレストランで、窓辺に座って目を瞑《つぶ》って一時間微動だにしなかった、毛並みがじつにみごとだった猫。16輪のまるで汽車のような長距離トラックから降りてきた、髭《ひげ》の巨漢のドライバーの腕に抱かれていた静かな猫。どの猫とだって、行きずりの、ただ一瞬の出会いにすぎなかったはず。

なのに、いまでもまだ、それぞれの猫とその猫の町のそのときの様子をまざまざと思いだすことができるというのは、猫のいる光景は、その風景をなぜか忘れがたい風景に変えるちからをもっているためだと思う。実際、それらの猫のいる風景を、その

後なんどか、わたしは夢に見た。記憶というのは不思議な作用をする。記憶のつよさは、事の大小にも、掛けた時間の長さにもかかわらない。それはきっと、そのときの視線の深さによる。

夏、テネシーで、カントリー・ハムとジャムが自慢という店に行こうとして、日が暮れてから車を走らせたものの、その店までは天国までくらい遠かった。アメリカは、町を外れると、夜は前後左右、灯《あか》りなしの、真っ暗闇だ。昼の広大さが嘘《うそ》のように消えてしまう。真っ暗闇のなかをようやくカントリー・ハムとジャムの店に着いたときは、午後八時の閉店時刻ぎりぎり。

その日の最後の客となったわたしだったが、食事して店の外に出ると、そこにいたのは三十匹あまりの、みごとな体格の堂々たる、すべてオレンジ色の猫たちだった。閉店と同時にカフェの女主人が、その日の客たちの食べのこしを頒《わ》けてくれるのを待っているのだ。見ていると、真っ暗な囲《まわ》りの暗闇のなかから、猫たちが、次から次に現れては、争うことなく、憚《はばか》ることもなく、黙々と、順々にがぶり、がぶり食べてはまた、次から次に、闇のなかにひらりと姿を消してゆく。ただ毎日の習慣なのだろう。それが壮絶でなく、ごく当たり前であるのがアメリカだった。

また、インディアナ州の町だったか、あるとてもよく晴れた日の朝、朝食にしようと、大きな道からはずれて小さな町へゆく道に入っていったとき、目の前の道を泰然と横切ってゆく一匹の猫におどろかされたことがある。猫なら猫らしく、さっさと猫っ飛びで渡れよと思いながら、見るともなく道渡る猫を見ていると、その猫がやっと道を渡りきったところに標識があった。目をやると、それはいままで、どこでも一度も見たことのない標識だった。

キャット・クロッシング（猫横断中）。標識にはそう記されていた。キャトル（牛）・クロッシング、ディア（鹿）・クロッシングの標識はごく普通だし、フロリダ州の大湿原の道でアリゲーター（鰐《わに》）・クロッシングという標識も目にしたことがある。けれども、キャット・クロッシングというのはそれまでも、それからも見たことがない。新緑の木立がまぶしかったあの小さな道には、まだキャット・クロッシングの標識が立っているだろうか。そうした標識が当たり前のように思えるのもアメリカだった。

おさだ・ひろし
1939〜2015年。福島市生まれ。詩人。早稲田大学第一文学部卒。詩集に『深呼吸の必要』（晶文社）、『長田弘詩集』（ハルキ文庫）、『記憶のつくり方』（朝日文庫）、『詩ふたつ』（クレヨンハウス）、『世界は一冊の本』『詩の樹の下で』『奇跡―ミラクル―』『長田弘全詩集』『最後の詩集』（以上みすず書房）など。エッセーに『アメリカの61の風景』（みすず書房）、『なつかしい時間』（岩波新書）、『本に語らせよ』（幻戯書房）など。絵本に『森の絵本』『最初の質問』（ともに講談社）など。

美雨とマイキーの往復書簡

坂本美雨（ミュージシャン）

ねーちゃんへ

ねーちゃんがトーキョーに行っちまってからもう二ヶ月か…。前に帰ってきたのが八月だもんな。あの停電は楽しかったよなぁ。夏の思い出だぜ。

こっちはもう寒いんだぜ。暖房と毛布がかかせねーぜ。トーキョーはどうだ？

最近かーちゃんがねーちゃんのケータイに電話するといっつもねーちゃん留守電だよな、何してんだよ、まったく…。オレだってメールだけじゃなくて声聞きてぇ時だってあんだぜ。

オレんとこはよ、今日からかーちゃんがニホンに行っちまったからよ、代わりにカノジョがオレに会いに来てくれたぜ。もちろんジョーコのことだよ。毎日通って来てくれんだよ…いいオンナだよな〜。

ここだけのハナシだけだよ、たまに泊まってってくれることもあんだぜ！　なんかこう、オレ達は同じ種っていうかよ…気持ちが通じ合ってってんだよ。まあ俺も、もう子供じゃねえから、ニンゲンとネコは種類が違うってことくらいは分かってるけどよ、でもジョーコはほんとにオレのこと好きなんだぜ。

でもな～ジョーコ、ダンナがいんだよな。ちっ。あのダンナもネコ好きらしくてよ、オレは嫌だっつってんのにデカイ手で撫でてくんだよな。あいつに撫でられると、ついつい…まぁ、ごろごろしちまう。悔しいけど、嫌いになれないんだよなぁ、あいつのこと。

あいつタビのことも手なずけようとしてるらしいけど、今んとこ成功したことはないみたいだな。タビの奴にさわれるようになるには十年かけないとだめだよなぁ。こないだなんか、ねーちゃんの部屋の文房具のとこにあった絵筆でアイツの背中撫でてたぜ～。笑えるよな～。噛み付かれんのがオチなのによくもまあ飽きずにやるよな。

とにかく今はジョーコがいるからよ、オレのことはそんなに心配すんな。

でもねーちゃん、嫉妬すんなよな！　オレはねーちゃんだけだよ。ただちょっとくらい遊び友達がいたっていいだろ？

他の奴らも変わらずにやってるよ。タビの婆さんは寝てばっかだよ。たまにかーちゃんの化粧品持ち出してなんかやってるぜ。

プゥは相変わらず秘密組織と連絡とってるみてーだ。俺もめんどくさいことには立ち入らない主義なんで詳しいことは知らねーがな。

チィのやつは相変わらずうるさい。どうにかなんねえのか、あいつのキーキー声は。台所のオレの定位置だって近頃真似しやがって…オレがあそこに座ってるとよ、すぐ後ろのコンロのとこで待機してんだぜ。落ち着いてられるかっつーの。あれ、ねーちゃんが一言なんとか言ってやめさせてくれよな。

それにしても…ねーちゃん…今月も帰ってこないのか？ もしやニホンでカレシなんか作ってんじゃねーだろうな？ 許さねーぜオレは！ チキショー、まだまだ生きてやるぜ!!

とにかく早く帰って来いよな。

あ、それとニホンの食いもん買ってきてくれよ。オレあのカタマリをちょっとあっためて食うのが好きなんだよな。

んじゃな。

たまには電話してくれよな。

摩射貴《まいき》より

大好きなマイキーへ

昨日、お母さんから電話がありました。お母さんの声が元気ないと、いつも瞬時に「あなた達の誰かが具合悪いのか」と身構えてしまいます。

でもあれからちょっとはゴハンを食べるようになったって言うから安心しました。日本のおいしいネコカンだったらいいの？　カツオとかササミとかなら食べる？　でもマイキ、お母さんにねだってお刺身とかもらったでしょ？

それにしてもマイケルは秋になるといっつも体調を崩すね。去年の秋も、私がニューヨークに居ない時に死にそうになっちゃって。お母さんから泣いて電話がかかってきた時、どれだけ泣くのこらえたかわかる？　あの時は本当に慌ててお母さんとの電話を切った後、急いでマネージャーに電話をして、無理矢理一週間ニューヨークに帰れるようにスケジュール調整をしてもらって…タイヘンだったんだよ。なのに帰った途端ケロッと治っちゃって。でも心の底からホッとしたけどね。お姉ちゃんがマイキに会いに帰るって言ったとたん元気になるなんて、もしかして気持ちが通じたのかな？って思ったよ。

やっぱりそうだったの？

でもね～マイキは最近いっつもジョーコジョーコだからなぁ～。ジョーコに後で聞くと、あなたそうとう〝あまあま〟してるらしいわねえ、十五歳のお爺ちゃんのくせに（笑）。

まあいいわよ、お姉ちゃんはあまり居られないからあなたがちょっとでも仲良くできる人がいるのはうれしいからね。

あなたがお姉ちゃんのこと忘れちゃわないかな？って心配もちょっとあるけど、面倒みてくれるのはジョーコさんしか居ないんだから、ちょっとでも具合が悪かったりダルかったりしたらすぐジョーコさんに言うこと！　カッコつけて言わないでいるうちに悪くなっちゃうんだから！

それと、もう分かっているだろうけど、タビはたまに気に障るかもしれないけど、ホントは心配してるんだからね。

あのお姫さまはあまのじゃくで、いつもはあんなんでもあなたがもし死ぬようなことがあったら絶対にガクッと落ち込むに決まっているんだから、優しくしてあげなさいね。仮にもあなたより年上なんだから、あの陽の当たる窓際もたまには貸してあげたら？

では身体に気をつけて。たくさん寝て美味しいものジョーコにねだって、たくさんなでなでグリグリしてもらいなさいね。
お姉ちゃんは来月には何週間かそっちに帰ります！　今度はホント！
ホントに帰るよ！
もうちょっとガマンしててね。
ではね。またね！

二〇〇四年一月　美雨姉より。

さかもと・みう
ミュージシャン。両親（音楽家・坂本龍一、矢野顕子）が活動の拠点をNYに移したのをきっかけに9歳で渡米。97年坂本龍一・フューチャリング・シスターMとしてデビュー。99年フルアルバム「Dawn Pink」リリースし、本格的に音楽活動を開始。14年最新アルバム「Waving Flags」リリース。15年には初のDVD『LIVE "Waving Flags"』をリリース。ソロ活動に加え、シンガーソングラーターのおおはた雄一氏とのユニット「おお雨」として多くの音楽フェス等に出演中。ラジオのナビゲーターやナレーション、俳優、執筆活動のほか、03年春より自らデザイン・製作まで手掛けるアクセサリー・ブランド『aquadrops』をスタートさせた。14年初めてのネコ本『ネコの吸い方』（幻冬舎）を上梓。また今夏第1子女児を出産。
オフィシャルHP：http://www.miuskmt.com　twitter：@miusakamoto
blog『のらネコよ、ちょっとお寄りよ』http://ameblo.jp/miu-sakamoto/

連れてゆきたい

浅生ハルミン（イラストレーター・エッセイスト）

ニャンコ先生が鞄のにおいをかいでいる。私はメキシコへ行く用意をしている。朝になったら妹がニャンコ先生のお迎えに来て、彼女の家で十日間もすごす。「おかしいですよ、そんな大きな鞄を出して。私をおいてどこかに行こうとしてますか？」ニャンコ先生は鞄のまわりをぐるぐる回ったり、前脚で鞄の底をしゃこしゃこと引っ掻《か》いて、様子を確かめている。「ニャンコ先生もメキシコへ行きたい？」ベランダに出ると固まって尻ごみをする猫だ。そんな先生がメキシコなんかへ行ったら、まるで生まれて初めての海外旅行に緊張してホテルの部屋から一歩も出られない臆病な中年男性（ニャンコ先生は現在十歳、雄）のようになることは目に見えている。しかしニャンコ先生は自分も行きたくて仕方がない。気持ちをアピールしようとして、テーブルの上にたたっと乗っかり、私の視界に無理矢理入った。首を伸ばして鼻先をくっつけてくる。とってもかしこそうな額。かっこいい三角の耳。ピンと張りのある立派なおひげ。

「私だって一緒に行きたいけど、あんた前に実家へ連れて行ったとき、仏壇の上に乗ったまま降りてこなかったじゃないか」ニャンコ先生は私が話した言葉を理解できるので、恥ずかしい過去を語って思いとどまってもらう作戦に出てみた。

とはいうものの、私はニャンコ先生に、これから家を空けることを知られているほうが気がらくなのである。なんにも知らないで暢気《のんき》に寝ているニャンコ先生を残して出かけるより、「どうして連れて行ってくれないんだ」と鳴きわめいて抗議されるほうがましなのである。

メキシコのオアハカという街では、ノラ猫を一匹も見かけなかった。ソカロという広場や、碁盤の目をした街路には犬を連れて散歩させているひとが多く、犬の糞こそあちこちに転がっていましたが、いつまでたっても猫と出会えなかった。どういうことなんだろうこれは。

この道五十年のブリキ細工の職人の息子・デヴィッドさんとメキシコのビールを飲みながらたどたどしく猫のことを話した。

「オアハカでは犬はたくさん見るけれど、猫はいませんね。なんで？」と尋ねると、「このあたりは繁華街で、レストランやホテルやお店ばかりでしょ。住んでいるひとが少ないからだよ」とデヴィッドさんは答えた。そう聞いて、外にいる猫は片っぱしから連行されているわけではないのだと解って、私は胸を撫でおろした。

メキシコ・シティ行きの長距離バスの窓から、牛や馬や羊を放牧させている景色や、ドライブインの前をうろついている土埃まみれの犬をながめる。スピードを上げて走るバスの窓から見えるのは遠景なので、群れではなく点でいる猫を見つけるのは、飛行機の窓から自分の家の屋根を見つけることと同じくらい目玉が追いつかない。

十日間の旅をして、アパートの自分の玄関のドアをいつもの癖で少しずつそろそろ

と開けてしまう。ニャンコ先生は妹の家にいるのだから、勢い良く廊下に飛び出してしまう心配をすることはないのだった。

出かけたときのまんまの部屋は、懐かしくもなんともなくて、どこか自分の部屋ではないような気分さえするけれど、それは長く家を空けていたからなのか、猫がいないせいなのか、とにかく生気に欠けている。布団を敷いて、電気を消して、枕の位置を整えて横になっても、布団の上に猫はやってこない。撫《な》でる相手のない手のひらがさびしいといっている。旅の片付けを終えて、落ち着いたらニャンコ先生を迎えにゆこう。それまでは、長距離バスで席が隣になったメキシコのおばさんの大きなお尻が席からはみ出して、私のお尻に触れてしまっている部分がとてもあたたかくやわらかで、まるきり猫が身体を押し付けてきたようだったことを思い出して、自分を慰めていた。

あさお・はるみん
1966（昭和41）年、三重県生まれ。イラストレーター・エッセイスト。著書に、映画化された『私は猫ストーカー』（洋泉社／中公文庫）、『ハルミンの読書クラブ』（彷徨舎）、『猫の目散歩』（筑摩書房）、『三時のわたし』（本の雑誌社）、『キッキとトーちゃん ふねをつくる』（芸術新聞社）、「猫のパラパラブックシリーズ」（青幻舎）等がある。

今は猫がいません

内田春菊（漫画家・作家・俳優）

最近ずいぶん猫を飼っていない。最後の猫が居た家からは、私の方が出てきてしまった。あれから10年。どうしているかなあ。しかし、その猫がやってきてからは17年……もう、生きていないかもしれない。

今までに何匹猫を飼っただろう。道で出逢って連れ帰ったけど、すぐに死んでしまったり、かと思うとやたらと増えて慌てたり、なのにいつのまにかいなくなったり……。猫は道に迷って帰って来れなくなることが多いというのを知ったのはいつだったかしら。交通事故にもよく遇うらしい。危険を察すると犬は留まるが、猫は走り抜けようとしてしまうのだそうだ。そこは、留まるように進化して欲しい……。

最後の猫の名前はモリナガ。額にMの模様があったのだ。私の最初の子どもが生まれて五カ月ごろだったか、当時の同居人が紐でくくった細長い箱を、「マンガに出てくる酔っ払いのおみやげ」みたいに下げて帰ってきたのです。

「バーゲンだったんだよ」

で、五千円だったと言う。

その細長い箱からそっと這い出てきた猫は、額のMのほかに、縞模様の立派なしっぽを持っていた。

私の赤ん坊は猫と格闘し、猫語を覚えながら大きくなり、無事人の言葉も覚えて高校三年生になった。

モリナガは私の仕事机のイスの背に、よく鳥のように止まっていた。私は何も世話してないのに、私のそばにばかりいる猫だった。

猫のお産に立ち会ったこともある。箱を用意する以外は何も手伝わなかったが、その猫はお産が始まってもなかなか箱に入らず、私がくるまっている毛布の中で最初の二匹を産んでしまった。

あわてて拾い上げて三匹を箱に入れてやると、続けて二匹を産んだ。犬のように口を開けて大きく息をして産むこと、一匹一匹にぶどうのゼリーのような胎盤がついていること、それを綺麗に母親が舐め取ること、子猫の目は目やにのようなものでくっついていて、少しずつはがれて開くこと……。全てが新鮮な驚きだった。

私が子どもを持てた理由の中に、あの猫のお産と育児に立ち会ったことが大きく位置していると思う。

猫がそこに丸くなっているのをたまに見るだけで、なんとなく気持ちがやすらぐ。目を細くして、陽だまりにいる猫、とんでもない格好で仰向けに寝る猫、どんな猫でも、そこにそうしていてくれるだけで嬉しい。

犬も飼ってはいたのだが、あの、毎日の散歩が私には大変。喜びの表現が激しいのも気恥ずかしい。猫のように勝手にしていてくれる方が私は楽。

子どもの友だちが来ても、私は猫方式。「飲み物はここから勝手に出して飲んでね」と放っておくので、いつのまにか縁側の窓から遊びに来ている。そういうのが楽。

今は家に四人も子どもがいて、動物まで飼うことは避けているが、私も50になったので、これから子どもが家を離れたり、仕事が少なくなったなら、さて、猫を飼うのでしょうか。それとも旅行の多い暮らしなどを選び、何も飼わないのでしょうか。

しかしそれは、予想しない方が楽しい。人との出会いと同じように、猫との出会いも突然やってくる。やってきたらまた私はうろたえ、生活を仕切りなおし、そしてそれに慣れていくのだろう。

うちだ・しゅんぎく
１９５９（昭和34）年、長崎県生まれ。84年四コマ漫画でデビュー後、87年より俳優、93年より小説家、そして最近は映画監督としても活動。漫画だと『水物語』（光文社・角川、文庫）『ＨＯＭＥ』（ぶんか社・角川文庫）、小説だと『あたしのこと憶えてる？』（中公文庫）などに猫が登場。08年には舞台「黒猫」に出演し、猫を次々殺されて怒り狂う大家役を熱演。歴代の猫の名前で憶えているのは、ヘチャ、ごはん、井の頭、メイビー、まる、くる。ちなみに雑種しか飼った経験なし。２０１５年12月23～27日、新宿ＳＰＡＣＥ雑遊にて書下ろし演劇「優子の夢はいつ開く」が上演される。

猫のいない生活の良さについて

金井美恵子（小説家）

トラーが亡くなってそろそろ四、五年になる頃、私は少し発想を変えて、猫のいない生活の良さというか快適さについて考えてみることにしたのだった。

猫と暮すことの様々な魅力と、猫そのものの可愛さについては、誰だって口を極め、言葉を精選して語りたいものだし、多少、強引でも機会《チャンス》があれば語るのである。なにしろ、トラーがまだ生きていた頃、映画について書く時でさえ、私は自分の飼猫の自慢をついでに書いたものであった。たとえば、ジョン・ウェインについて、「大きな猫のように敏捷《びんしょう》で慎重な動き方をする」とか「じっと座っていた大きな猫が、いきなり柔らかい動きなのだけれども痛烈な前肢《まえあし》で、エモノに一撃を加えるような、およそ、ケダモノ的な慎重さと敏捷さが筋力の本能となっているような動き」と書いたあげくに、「猫を飼っていると、毎日、ジョン・ウェインを見ているような気持ちになる」（『映画、柔らかい肌。映画にさわる』金井美恵子エッセイ・コレクション4）などと書く図々《ずうずう》しさを、平気で発揮していたのである。

　そういうトラー（いつもびっくりするような動きをして、スクリーン上の西部劇の大スターさながらに、飼い主の胸を高鳴らせもした）が死んでから、何年も猫のいない暮しの良さについて考えるなどということはなかった。外出先でふと、まだトラーが生きているような錯覚をおこして、エビを買ってなかったなとか、トラーはどうしているかな、と瞬間的に思うこともあったし、アル中やヤク中の禁断症状ほどではないにしても、猫を撫でたいとか、冷たい濡れた鼻だの、ピンととがったヒゲの先でサワサワと頬を撫でられる感触とか、思いの他に堅くて頑丈な猫の額を、弁慶の泣き所が痛いくらいにこすりつけて甘えた声で鳴くことや、その他諸々《もろもろ》の猫と過す日常の、ありあまるなんでもない幸福感がフラッシュバックして、無性に猫を飼いたくなることが、もちろん、ある。

　そして、猫を飼っていると出来ないことの筆頭として、誰もが考えるのは旅行だろう。姉も私も、まだトラーが元気だった頃は、キャット・シッターを引き受けてくれる友人に泊りがけで家に来てもらって、一泊くらいの旅行には出かけたものの、どうも猫のことが気になってしかたないので、トラーちゃんが死んだら旅行をゆっくり、などと声をひそめて言いあっていたのだった。

ついこないだ、近所の友人が愛猫の没後一年目に、猫シェルターから生後一年目で里親のなりてのなさそうに見えた大きな白いオス猫をひきとったのだが、オス猫を飼うのが初めてだという彼女を驚かせたのが、猫砂の巨大なかたまりとなるおしっこの量だったそうだ。

　トラーは外に出る猫だったが、トイレは家に帰ってする習慣だったので、十七年間、いろいろなタイプの猫砂を試して最終的に、オカラが原料のトイレに流せる製品を愛用することになったのだった。粒状の一つ一つが軽いので、トイレの周囲に粒がはね飛ぶという難点はあったが、四キロ入りの袋でも分量が多いから持ちがちがうし、猫も人間も快適なのだった。

　だが、それはオカラで出来ているのである。姉も私も、おいしい出汁《だし》を利かせて干しシイタケとキクラゲ、レンコン、ネギ、エビやアサリを加えた、ちょっと贅沢《ぜいたく》なオカラ炒《い》りが好物の一つなのだが、トラーがオカラのトイレ砂（トフカスという名の）を使っていた間、私たちはオカラ炒りを食べる気には到底なれず、世の中にそういう食物はない、とあきらめていたのだったが、トラーの死後何年かして（ようやくトフカスのトラウマから解放されて）、姉がていねいに作ったエビ入りオカラ炒りを久し振りに食べた時は、猫を飼っていないからこそ食べられる贅沢な味だよね、と言いあい、しみじみ、これこそが猫を飼っていないことの良さだ、と考えたのだった。

かない・みえこ
1947（昭和22）年、群馬県生まれ。小説家。現在は姉で画家の金井久美子と同居。エッセイ『遊興一匹 迷い猫あずかってます』（新潮社）、『猫の一年』（文藝春秋）等でも知られる愛猫家。『プラトン的恋愛』（講談社）で泉鏡花文学賞受賞、『タマや』（講談社）で女流文学賞受賞。愛猫トラーは2007年に亡くなった。

愛しあっていたジョンとミケ

里中満智子（マンガ家）

ものごころついた頃から、いつも我が家には犬と猫がいた。犬と猫が一緒に暮らしていてケンカをしないのかと、友だちによく言われたものだが、我が家では一度もそんな事件は起こらなかった。

オス猫は年ごろになると「夜のお散歩」に出る。猫の帰りが遅いと犬は気になるらしく、やっと帰ってきた時は跳んで行って「どこへ行ってたの？　心配したよ」と、猫の顔をペロペロなめて「お帰りなさい」の挨拶をする。そうされると猫の方はありがた迷惑で、「うるさいなぁ、ほっといてくれよ」と、さっさと高い所へ逃げてしまう。本棚やタンスの上なら、犬は登っていけない。高い所で満足そうにゆうゆうと身づくろいする猫を下から見上げて、犬はさびしそうに「キューン」と鳴く。そういう様子はいかにも犬と猫との性格の違いを表しているようで、わたしたちはいつも「ほらまた、いつものパターン」と、笑いながら見ていたものだ。

犬と猫はお互いをどう思っているのか、それは各個体によって様々だろうが、間違いなく「愛し合っている」としか思えない犬と猫と暮らした思い出がある。

それは、わたしがまだ5才のころ。オスの雑種の「ジョン」とメスの三毛の「ミケ」…ありきたりすぎる名前だが、幼い子供が呼びにくい名前をつけてもいけないだろうと、親がつけたシンプルなネーミング。2人（？）の間に、いつ愛が芽生えたか定かではないが、いつのころからか食事の際に珍しい光景が繰り広げられる様になった。

ジョンとミケ、それぞれに食事をやる。当然、別々の容れ物に入れて。すると2人は、まず片方の食器に向き合って、仲よくいっしょに食べ始める。そしてそれが空っぽになると、もうひとつの食器の方へ移動し、また一緒に食べ始めるのだ。一緒にと言っても同時に首をつっこむと頭がぶつかるので、まずミケがひと口ほうばる。ミケが顔を上げて咀嚼している間にジョンがひと口ほうばる。お互いに相手の邪魔にならないように、口に入れては顔をそらして相手がほうばり易いように気配りしている。決して争わず、相手より多く食べようとせず、仲よく見つめ合って食べている。「おいしいね」「もっといかが？」と言うように。「別々に食べた方が楽なのにねぇ」と、母はいつもあきれていた。

ジョンとミケは、眠る前に延々とお互いの体をなめあって毛づくろいをし、やがてお互いの体のすきまを埋め合うように、ぴったりと寄り添って眠った。

ある日、ミケが死んだ。何となく一週間ほど元気がなく「年なのかしら…」と思っていたら…眠るように死んでいった。ジョンは事態がわかっているのかどうか、しょんぼりしていた。そして一週間後、ジョンもまた眠るように死んだ。一人で生き残るよりも、あの世でミケと一緒に暮らす方をえらんだのか…。わたしたち家族は「本当に…そんなに好きだったのね」と納得した。彼等の間に肉体関係があったのか、それは可能かどうか、可能だとしても染色体が違うので絶対に子供はできないだろうとか、そんな事は幼いわたしにとって想像すらできなかったが、大人になってから「真実はどうだったんだろう」と気になり、母に聞いてみた。母は「さあ…それらしいことは気づかなかったけど…どうだったのかしらねぇ？」と言うばかり。真実は解からない。だが彼等が、この上なく愛し合っていたことは疑いようがない。

ジョンとミケの結婚生活は約3年間くらいで終わったが、共に生きている間ずっとお互いを思いやり、支えあい、寄り添いあって一体となった充実の日々をおくっていた。ジョンにとって「生きること」は「ミケと共に居ること」だったのだ。お互いの愛情を深めたのは相手への「思いやりの心」だった。あるべき真の夫婦として生きたカップルだった。

53　愛しあっていたジョンとミケ｜里中満智子

さとなか・まちこ

1948年大阪生まれ。漫画家。64年『ピアの肖像』で第一回講談社新人漫画賞を受賞し、デビュー。その後『あした輝く』『アリエスの乙女たち』『海のオーロラ』など数々の名作を生み出す。歴史を扱った作品も多く、持統天皇を主人公にした『天上の虹』（講談社）は20年以上執筆を続けている。登場人物一人一人の心の葛藤を丁寧に描く事に定評がある。日本漫画家協会常務理事、マンガジャパン事務局長など。

猫との春秋

佐野眞一（ノンフィクション作家）

子どもの頃から猫は切らしたことがない。この歳になるまで、一体どれくらいの猫の誕生と臨終に立ち会ってきたか見当もつかない。

遠い昔のことはすっかり忘却の霧の彼方に消えてしまったので、最近一番悲しかった猫の死と、最近一番うれしかった猫の出産について書いておこう。

少しカッコをつけて言えば、私の記憶に残った猫の蓋棺《がいかん》録と、猫の降誕記である。

順番から言うと、猫の死の方が早かったので、その話からしよう。

十年近く飼っていた黒猫が死んだのは、かれこれ五年前になる。

これはまるでビロードのように漆黒色をした猫で、芸はないのは承知の上で〝クロ〟と命名した。

〝クロ〟を飼い始めたとき、まだ自宅と仕事場は別々だった。自宅のマンションから一軒家（といっても小屋に毛が生えた程度のあばら屋だが）まで、自転車で二十分ほどの距離だった。

その頃、自宅マンションにも二匹の猫がいた。まさかその猫を自転車に乗せて仕事場とマンションを往復するわけにもいかないので、〝クロ〟は仕事場専用のいわばプライベートキャットだった。

仕事場に迷い込んできたとき、〝クロ〟はまだほんの赤ちゃん猫だった。それだけになつくのが早く、日がな一日じゃれつかれた。

猫好きならわかっていただけるだろうが、仔猫にじゃれつかれるほど、傍目には迷惑なように見えて、飼っている本人にとってうれしいことはない。

原稿用紙に向かっていると（そういえば、いまから約十五年前のこの当時は、まだワープロでもパソコンでもなく、原稿用紙に手書きで書いていた。往時茫々の思いしきりである）〝クロ〟が遊んで、遊んでとでも言うように、原稿用紙の上に腹ばいになってきた。

原稿用紙の上にいわば猫の〝バリケード〟を築かれたわけで、まったく仕事にならなかった。

だがそれ以上に困ったのは、その仕草が本当にかわいらしく、いつまでも眺めていたい気持ちになって、仕事が手につかないことだった。

原稿用紙の上から〝クロ〟を邪険に振り払うわけにもいかず、仕方なく膝の上に〝クロ〟をそっと移し、ひどく不安定なその状態で原稿を書いた。

〝クロ〟は晩年、ほとんど目が見えなくなった。その状態で数日行方不明になったこともあったが、運良く近所の猫好きの家に保護されていた。

運の良さは死後もう一つあった。それがここで書きたかったことである。

その家から引き取った夜以来、〝クロ〟はすさまじい声で絶叫するようになった。かかりつけの病院に連れていくと、脳腫瘍の可能性があるが年齢からいって手術は無理だという。

〝クロ〟が絶命したのは、それから数日後だった。近所のペット火葬場で〝クロ〟を茶毘《だび》に付し、骨壷に入れて自宅（当時はもう、現在の自宅兼仕事場になっていた）に戻ろうとすると、突然、携帯電話が鳴った。

民俗学者の宮本常一の評伝を書いて以来、家族ぐるみのつきあいをしている瀬戸内海の寺の住職からだった。いま、東京に来ているという。

早速自宅に来てもらい、骨揚げしたばかりの〝クロ〟の霊前でお経をあげてもらった。本物の坊主に読経の〝出前〟をしてもらった幸運な猫も珍しいだろう。

降誕記の方は、一昨年秋のことである。

庭に見たこともないやんごとなき雰囲気の猫がまぎれこんできた。自慢ではないが、高級な猫を飼うのはわが家の芸風ではない。

わが家の伝統は、雑種系の和猫を飼うことである。こんな毛糸をぐしゃぐしゃと無造作に丸めたような洋猫は初めてである。

調べると、ノルウェイジャン・フォレストキャットの血統だということがわかった。鳴き声も和猫と違って、「アプー」と聞こえたので、そのまま〝アプー〟と名づけた。

いつも簡単に命名するのも、わが家の伝統芸である。

わが家に二匹の飼い猫がいるのに、三匹目の猫を飼ったのは、〝アプー〟にご懐妊の様子があったからである。幼くして人妻になった〝アプー〟の出産は危ぶまれたが、無事五匹の猫を産んだ。

それから間もなく、私は大病して入院することになった。手術は成功し退院すると、隣のおばさんから「先生、いつも猫ちゃんの面倒を見ているおかげですよ。先生は猫ちゃんから恩返しされたんです」と、手を合わせながら言われた。

猫に恩返しされるほど立派なことをした覚えはない。しかし、わが家が生老病死というか輪廻《りんね》転生というか、人生のすべてにわたって猫中心に回っていることだけは確かである。

さの・しんいち
1947（昭和22）年、東京都生まれ。ノンフィクション作家。早稲田大学卒業。出版社勤務を経てフリーとなる。『旅する巨人―宮本常一と渋沢敬三』で大宅壮一ノンフィクション賞、『甘粕正彦乱心の曠野』で講談社ノンフィクション賞受賞。開高健ノンフィクション賞選考委員。『巨怪伝―正力松太郎と影武者たちの一世紀』（文藝春秋）、『完本 カリスマ』、『劇薬時評 テレビで読み解くニッポンの了見』（ともに筑摩書房）、『畸人巡礼 怪人礼讃』（毎日新聞社）、『あんぽん 孫正義伝』（小学館）、『別海から来た女』（講談社）、『沖縄戦いまだ終わらず』（集英社）、『ノンフィクションは死なない』（イースト・プレス）など著書多数。

一匹っぽっち

来生えつこ（作詞家）

今、飼っている猫は、東京の自宅に一匹と、海辺の別宅に一匹の、二匹だけである。海辺の猫は、もともと野良の子なので、人間になついていなく、飼っているというより、勝手に居ついているといったほうが正しい。一応名前はつけていて「銀」という。以前は「金」という姉妹がいたのだが、ある時から、姿を見せなくなった。その前は三毛の母猫もいたのだが、なにせ野良なので、あちこちの家に、餌をもらいにいっていたらしく、どこかのお宅の前で死んでいたと聞いた。

銀は一匹っぽっちになり、ひたすら我が別宅の周りのどこかにいて、行動範囲もそう広くないようだ。

銀を見ると、私は、少し哀しくなる。もともと臆病な上、野良で生まれた性《さが》で、絶対人間の一メートル以内には近づかず、他に仲のいい猫もいなく、いつも一匹っぽっちだ。

白が勝った銀猫なので、毛並みはきれいなまま、見た目は野良という感じはしない。だが、なにしろ人間を信用していないので、触らせないのがくやしい。

普段、海の家には、農作業に明け暮れる私の亭主がいて、彼が銀に餌をあげているのだが、それにしてもなつかない。そのなつかなさに、亭主も苛立《いらだ》ってか、餌はあげるが、銀に対して少し冷たい。

私は、普段東京にいて、海の家には月に十日くらいしか行かないのだが、まだ私のほうが多少のコミュニケーションは取っている。私が、銀に話しかけるからだろう。

土間の戸を開けておくと、小さくミャアミャア言って、中に入ってくる。話しかけながら、残っていたハムなどをあげると、うれしそうに食べる。しかし、なにしろ一メートル以上は近寄ってこないので、私の手から口元へというわけにはいかない。ぽーんと一メートル先へ、投げるだけである。じれったいことこの上ない。

銀が、人間不信なのは、野良猫の子として生まれ、外で育ったせいもあるのだが、決定的になったのは、避妊手術のため、無理やり捕獲した時の恐怖が残っているせいだと思う。親猫の三毛も、姉妹の金も、そして銀も、みんななんとか捕獲して、避妊手術はした。その捕獲の際、一番臆病な銀へのショックは大きかったのだろうと思う。

しかし、普段、私の亭主もひとりぼっち、銀も一匹っぽっちの、ぼっち同士は、どういう思いで、毎日過ごしているのかと、時々不思議に思う。

東京にいる猫は、まだ二歳なのだが、八十五歳の母親にべったりで、私の自由にならないというか、ままにならない。母が暮らしているのは一階なので、外との出入りなどに便利だし、なにしろ母のほうが家にいる率は大きいので、そうなってしまった。

毎晩、母の枕元にべったりくっついて寝ていて、私は、その様子を、半分嫉妬しながら指をくわえて眺めているだけだ。時折、気まぐれに私の暮らす二階へ上がってくるが、一緒には寝てくれない。東京では、私がひとりぼっち状態になる。

ただ、東京の猫も一匹のみというのは、猫にとってどうなのかなとも思う。母と同居する前から、私は何匹も猫は飼っていて、一匹のみというのは、あまりなかった。

外に出ても、一匹っぽっちで遊んでいる、あるいは、ぼんやり草の中に座っている猫を見ると、少しさびしそうだ。

ともあれ、私は、毎日、猫の様子を見に、一階へ降りていくことになる。それで母とのコミュニケーションも増えたというべきか。

母は、耳がかなり遠く、補聴器でもままならない状態だったのが、猫が来てから、なぜか耳元で話せば、聞こえるようになった。仔猫のうちから、そばで動物を飼うことで、五感が刺激されたのだろうか。

母だけが、ひとりぼっちではなく、いつでも猫がそばにいる。

きすぎ・えつこ
1948（昭和23）年3月9日、東京生まれ。作詞家。女子美術短大卒業後、雑誌出版社に勤務し編集の仕事に携わる。76年、弟・たかおのデビューとともに作詞家に。77年、「マイ・ラグジュアリー・ナイト」のヒットによって注目を浴び、81年「夢の途中～セーラー服と機関銃」、82年「シルエット・ロマンス」、83年「セカンド・ラブ」等により作詞家としての地位を確立する。現在までに発表された楽曲は約1000作品に及ぶ。作詞のかたわら執筆活動にも意欲的で、作家としても著書多数。

猫団子

有栖川有栖（作家）

結婚してまもなく、雨の日に家の前で鳴いていた仔猫を拾ったのがきっかけで猫のいる暮らしが始まった。以来、わが家にはほぼ絶え間なく猫がいる。一匹だったり、二匹だったり、三匹だったり。

行政の保護施設からもらってきた子もいるが、ほとんどは拾った猫だ。「この子を飼うと二匹になる」という時はまだしも、「三匹になってしまうぞ」という時は、ちょっとためらった。猫だらけの家になりそうな気がしたからだ。しかし、結果として現在まで三匹より増えたことはない。

猫はクールなようでいて淋《さび》しがりだから、多頭飼いがいいと聞く。飼う方にしても、複数いてくれるのは楽しいのだが、猫たちの仲がよくなければ困る。

初めて二匹を飼うことになった際、当初は先住猫（瓜太郎・オス）がなじんでくれずに、大丈夫だろうか、と心配した。シャーと威嚇されても、新入りのチビ猫（小次郎・

オス）がよろよろしながら近寄っていくのを見ながら、不憫《ふびん》に思うことすらあった。

そんな関係がある時、一変する。当時、私たちはマンションの十一階に住んでおり、瓜太郎は怖がってバルコニーに出たがらなかった。慎重派だったのだ。それがある日のこと。小次郎が「こっちは何があるの？」とばかりにバルコニーに出て行くのを見るや、瓜太郎は飛ぶように後を追い、チビの首根っこをくわえて戻ってきたのだ。驚いた。

――小次郎がけなげに甘えに行っても嫌がって、ぶっきらぼうにしてたのに。優しいやないか！

それから瓜太郎は小次郎の面倒をみるようになる。一歳違いだったので成長してからは仲のいい兄弟のようになって、ぴたりとくっついて寝る姿をしばしば見かけた。いわゆる〈猫団子〉というやつである。多頭飼いをする幸せを知った。

その後、生後半年くらいで拾った桃《メス》が加わって三匹になるが、先住のオス二匹の仲がよすぎたのか、孤高を好む桃の性格のせいか、彼女をまじえた巴《ともえ》の猫団子を拝むことはできなかった。

それから十年ほどが経《た》ち、瓜太郎・小次郎が二十歳前後で天寿をまっとうしてから桃一匹の時期が少し続く。彼女に静かな余生を送らせてやりたいとも思う反面、ほかの猫となめ合ったり寄り添ったりする経験をさせてやりたいとも考えていたところへ、生後三週間ほどの赤ちゃん猫（いく・メス）がひょんなきっかけでやってくる。猫の里親探しのボランティアの方からいただいたのだ。

――飼い主によく懐いてくれたけど、猫同士で仲よくしてみたらどうや、桃。

というのが私と妻の願いだったのだけれど、そんなものは人間の勝手な希望だったのかもしれない。「いく」はさかんにアプローチをしたのだけれど、猫団子は見られないまま、去年の夏に桃は永眠した。

その秋、一匹になった「いく」が少し淋しそうだったので、私たちは同じボランティアさんから仔猫を里子にいただくことにした。今度はオス猫で、「たまさぶろう（た

ま)」と命名する。わが家の多頭飼いは、これまでオス同士、オス - メス、メス同士だったが、初めてメス - オスという組み合わせになった。

遊びたい盛りの仔猫同士だし、先住の「いく」は弟分ができて喜ぶだろう、と期待した。だが、やはり新参猫には警戒心が先に立つらしく、桃にされていたようにシャーと威嚇をする。難しいものだな、と思っているうちに――冬がきた。

寒さが後押ししてくれたのだろう。二匹はベッドの上で猫団子を形成して眠るようになった。初めてその光景を目撃した時のうれしかったこと。久しぶりに見た猫団子だ。

記念すべき瞬間を残すべく、妻が写真を撮ろうとそっと近づくと、薄目を開けた「いく」が、ぺろりと「たま」の頭をなめた。

ありすがわ・ありす
1959（昭和34）年、大阪府生まれ。作家。小学4年生で推理小説のおもしろさを知り、5年生で創作を始める。89年、鮎川哲也氏の推挽をもらい『月光ゲーム Yの悲劇'88』（東京創元社）でデビュー。99年より綾辻行人氏と共同で犯人あてドラマ『安楽椅子探偵』シリーズ（朝日放送）の原案を担当。2000年に設立された本格ミステリ作家クラブの会長に就任し05年まで務める。03年『マレー鉄道の謎』（講談社）で日本推理作家協会賞を受賞。主な著書に『双頭の悪魔』『女王国の城』（共に東京創元社）、『46番目の密室』（講談社）、『白い兎が逃げる』（光文社）、『乱鴉の島』（新潮社）、『怪しい店』（KADOKAWA）などの小説作品のほかエッセイ集も多数。

最後のペット

斉藤由貴（俳優・歌手）

あの、気高く品が良く、しかも美しくてだけど小柄だったあのコ、ロシアンブルーのグレースが逝ってしまって何年になるのだろうか。多分、もう4年程は経《た》っているのじゃないか。いや、もしかしたらもっとかもしれない。実は、そろそろ春本番という頃に死んでしまった事は覚えているのだけれど、はっきりと何年の何月何日か、と問われれば、殆《ほとん》ど、というか全く記憶に無い。ただそれは情が薄いとかそういう事ではなく、何年経とうが何日であろうがそれは大した問題ではなく、グレースが死んでしまった、その事実が不思議な鮮明なりんかくを持って迫ってくるのだ。そして何も言わずとも多くを語ったあのトビ色の瞳で、どんなに時を経ても私の心の中から私の事をじっと見つめてくるのだ。

そんなこんなで年月だけは流れ、彼女（グレースは女のコでした）を思い出す時も、悲しみよりも温かさや切なさが勝るようになってきたこの頃。

私は、とうとう次の猫と出逢う事となる。

私が住む横浜のとある街に、そして私の家の信じられない程のご近所に、元ＴＢＳの局のアナウンサー、そして今はフリーで活躍されている渡辺真理さんがご主人と、そしてご自分の両親と共に住んでいらっしゃる。まだお互い若かりし頃に雑誌の対談で知り合い、作家の柳美里さんを含めた３人で何度かレストランで食事をし、それ以来不思議なご縁で交流が続いている。メアド交換をしてしばらく経った頃、彼女から突然、彼女の家で生れた５匹の子猫の里親を探している旨のメールが私のケイタイに届いた。添付してある写真には、まだ生れたばかりの５匹の、とんでもなく愛らしい姿が写っていた。一目で〝欲しい！〟と思ったものの、我が家は旦那様の反対でムリ(彼は言う。「ネコ、可愛いけど、家の壁とか家具をバリバリやられたらヤダなァ〜」……わかってない‼)。

一応うちの実家にも打診。実家、つまりグレースが生きて、死んでいった場所なので、両親はその全てを見届けている。案の定、母は考え込んでしまった。

「う――ん、やっぱり、グレースの最期のあの時の辛さを考えるとね……またあの思いをするのには勇気がね……」

母の気持ちはよく分かる。なんとなく名義上グレースの飼い主は私、という事になっていたが、仕事で殆んど不在だった私に代わってグレースをお世話していたのは母だったのだ。そうか、ウチは無理かァ……他にもいくつか当たってみたものの名乗りをあげてくれる人はいなかったので、一旦《いったん》真理ちゃんにごめんなさいメールをする。

すると、数日後。母から、先日とはうって変って、やんちゃっぽいキラキラした声で電話が入った。

「あれからいろいろ考えたんだけど……お父さんがね、由貴がお仕事で疲れてこっち（実家）に遊びに来た時、大好きなネコがいたら、癒されるんじゃないかって。もちろん孫たちも喜ぶだろうし、だから思い切って、ウチ（実家）、飼ってもいいわよ」

うわお。

40過ぎた娘を癒そうと思ってくれる父の深い愛情にも感動したが、その後の一言がふるっていた。

「それに多分……ペットを飼うの、お父さんお母さんの人生では最後になるだろうしねー。」

その時、少し、ハッとした。
そっか。両親は、自分達が最後まで面倒を見られるかどうかも心配しているのだ。
そっか。人生最後のペット、かぁ。

そんなわけで、今うちの実家には、動くぬいぐるみ状態の子猫、マリちゃん（勿論、もとの飼い主さんから戴《いただ》いた名前です♡）が住んでいます。

さいとう・ゆき
1966（昭和41）年、神奈川県生まれ。俳優・歌手。84年ミスマガジンコンテストで優勝しデビュー。歌手としては翌年、日本レコード大賞新人賞、女優としてはブルーリボン賞、ゴールデンアロー賞、日本アカデミー賞など数多くの賞を受賞。著書には『ネコの手も借りたい』等があり、同タイトルのラジオ番組は10年続いた。ヘルマン・ヘッセや萩原朔太郎を敬愛し、エッセイ・詩・小説など文筆活動を行う。2015年3月にはデビュー30周年を記念したニューアルバム『ETERNITY』を発表。俳優ではテレビ、映画、舞台、ナレーションなど出演作多数。多方面でマルチな活躍をしている。

猫たちに

高橋克彦（作家）

感謝したいことや謝りたいこと、あるいは教えられたことがいくつもある。なにしろこれまでに四匹、四十年近くも猫とともに暮らしてきた。今はこの原稿を書いている間も私の膝の上に乗って薄目を開けながら寝ているタマゴという名の牡猫《おす》だけとなったが、先に逝った三匹を忘れたことは一度もない。

タマゴ君よ、四十年近くも前なのでおまえはもちろん会ってもいないが、私とお母さんはピーコという牡猫を飼っていた。東京の杉並区永福町に住んでいた頃だ。ペットは禁止のアパートだったのに、よかったら、と友人が連れて来た子猫の愛らしさに負けて後先も考えず貰《もら》ってしまったのだ。小さな声だったし、握り拳くらいの大きさだったのでなんとか隠し通せると甘く見たんだね。でもピーコはたちまち大きくなり、元気な声を上げるようになった。私とお母さんは毎日冷や冷やしながら犯罪者のように身を縮めて暮らした。月に一度、管理人が家賃を取りに来たときはピーコを押し入れの布団の奥に押し込んでやり過ごした。今でもあのときのびくびくした気分やピーコへの申し訳なさが胸を締め付ける。ピーコになんの罪もないのに、私たちはあの暮らしにへとへとになり、結局一年も保《も》たずピーコを札幌のお母さんの実家に預かって貰った。いずれ一緒に暮らせるアパートを見付けてピーコを引き取るつもりでいたのだけれど、私はまだなんの未来も見えないときだったので、ついそのままとなった。ピーコが元気にしていると聞かされ、その方がピーコのためにもいいのだと自分に言い聞かせた。でも、それは自分の無責任さに対する言い訳に過ぎない。ピーコが三歳やそこらで亡くなったとき、すべての責めは私にあると思った。ピーコはどんなに私たちとの別れを悲しんだのだろう。亡くなる直前、ピーコは私のことを少しでも思い出してくれただろうか。幸せに育ててやることもできないのに、気紛《きまぐ》れから飼い、

翻弄《ほんろう》させてしまった。お母さんは無理だと最初から案じていたんだよ。でも飼ってしまったからには仕方がない。必死でピーコを育て、愛していた。なんとかなる、となんの根拠もないのに、猫好きのお母さんを喜ばせたくて引き取ったのは私だ。恨むなら私一人を恨め、と私はピーコの眠る土に手を合わせた。それだって私の身勝手な弁明だ。

それがあって私は猫を飼うことは二度とすまいと心に決めた。猫に飼い主を選択する自由はない。ピーコを不幸に巻き込んだ私にはそんな資格などないと思った。タマゴ君には信じて貰えないかも知れないが、私は本心からピーコを愛していた。それでも育て通してはやれなかった。猫を飼うにはすべてを投げ出すくらいの覚悟がないといけない。

タマゴ君が二年ほど一緒に暮らしたことのあるホクサイを飼うまでには、だからピーコの死から数えると十五年が経《た》っている。なんとか念願だった物書きとなることができ、収入もそこそこ安定した。猫を飼っても絶対に不幸にはさせないという自信が私たちにあってのことだった。ピーコへの償いの気持ちもどこかにあったんだと思う。ホクサイを飼いはじめて二年も過ぎないうちにフミちゃんを家族に加えたのがそれだ。ピーコには返せないが、たくさんの猫を幸せにしてやることで、きっとピーコの魂が安らぐ。自分は自分で、余計なことだとタマゴ君は腹を立てたに違いないけれど、私は君たちの後ろにいつもピーコを重ねてきたんだよ。ホクサイとフミ、そして君が三匹たまたま一緒に固まって眠っている写真にピーコの、たった一枚しか残されていない写真を仲良く合成して仕上げたのもそういう気持ちからだ。

もしかするとピーコは天国でホクサイとフミに兄貴風を吹かせているかも知れないね。

そうだったらどんなに嬉《うれ》しいだろう。

たかはし・かつひこ
1947（昭和22）年、岩手県生まれ、盛岡市在住。作家。早稲田大学商学部卒業後、浮世絵の研究者として久慈市のアレン短期大学専任講師に就任。83年に『写楽殺人事件』（江戸川乱歩賞）でデビュー。『北斎殺人事件』（日本推理作家協会賞）などミステリー作品の他、『風の陣』『完四郎広目手控』シリーズ、『だましゑ』シリーズ、『ドールズ』シリーズ、『緋い記憶』（直木賞受賞）、『総門谷』（吉川英治文学新人賞）、『竜の柩』など、歴史・時代・ホラー・SF・伝記など幅広いジャンルの作品がある。93年『炎立つ』、01年『時宗』がNHK大河ドラマとなり、02年にNHK放送文化賞受賞。東北地方を舞台とし、陸奥（みちのく）の豊かな文化と歴史を題材とした作品も多い。

ブチャイクよ永遠に

三浦しをん（作家）

猫を飼ったことがない。友人の飼い猫をニボシと引き替えに無理やり撫でさせてもらったり、門柱のうえで昼寝中の野良猫をそっと突ついては「シャーッ」と言われたり、腰の引けたつきあいしか築けない。

すごく好きな相手なのに、洗練とは程遠い愛情表現しか示せないとは、中学生男子みたいだ。「ふんっ、おまえとかかずらわっている暇はないわい」と言わんばかりに立ち去っていく猫を見るたび、「また友好条約の締結《ていけつ》には至れなかった……」と切なくなる。でも、猫のつれなさ、媚《こ》びない気高さが、またいいのだ。

私が初めて間近に見た猫は、父が学生時代にお世話になった下宿屋さんで飼われていた。

父は社会人になってからも、年末か年始には下宿屋さんに挨拶に行った。私も父に連れられて、何度か一緒に下宿屋さんに行った。

そこにはおばあさんと、おばあさんと同じぐらい年を取った猫がいた。三毛猫だった気がするが、定かではない。模様なんて記憶からブッ飛ぶぐらい、太っていた（ちなみに、おばあさんは痩せていた）。畳に腹がこすれるほどで、足がほとんど見えないのだ。

とても賢い猫で、私たちの訪れを知ると、のっしのっしとやってきて「ナァ」と挨拶する。あとはおとなしく、おばあさんと一緒に炬燵《こたつ》に当たっている。大人たちの会話に飽き、私がもぞもぞしはじめるや否や、その猫は必ずにじり寄ってきて、あやすように私の脚を短い尻尾で軽く叩いてくれる。どうして私の気持ちがわかるんだろうと、本当に不思議だった。それでいて、気軽に撫でさせてはくれないのだ。あまりに神々しく、なおかつ太っていたので、「この炬燵があったかいのは、もしかして猫が神秘の力で発熱しているからではないか」と思い、炬燵布団を上げて猫の様子を何回も確認したほどだ。

猫とおばあさんは、ほぼ同時期に亡くなったそうだ。

それ以来、太った猫（しかも、あまり顔がかわいくない）につい目が行く。

実家の庭に出没する野良猫に、ブチャイクというのがいる。不細工な茶色い猫なので、ブチャイクと勝手に命名した。こいつが体格も素行も大変ふてぶてしい。

庭に並んだ植木鉢を、すべて蹴倒《けたお》して歩く。「王の行く道を邪魔するものは、すべて排除する」と堅く決心しているらしい。アロエが折れ、パンジーの花が潰れた。私はもちろん、「ブチャイクー！」と怒声を上げて庭にまろび出るのだが、ブチャイクはちょっと振り返ってみせるだけで、悠然と歩み去っていく。あんたなんで、「俺に惚れるな、火傷するぜ」って態度なんだよ。地団駄《じだんだ》を踏みつつ、鉢をもとに戻す。悔しいけれど、王様ぶりを見せつけるブチャイクに、なんだかキュンとしてしまうのも事実だ。

ブチャイクにはもうひとつ悪癖があって、玄関先で絶対に排便する。「王たるもの、どこでも脱糞できる度量がなければならぬ」と堅く決心しているらしい。私も物陰からタイミングを見計らい、ブチャイクが排便しそうになると怒声を上げるのだが、やつは動じない。「細かいことでいちいち怒るな」と落ち着いた態度で家屋の角を曲がり、曲がったところで抜かりなく用を足していく。空き地や茂みを自由にのし歩いているくせに、わざわざ人家の玄関先を便所と定めるところが、さすが王様猫ブチャイクだ。

ここ一年ほど、ブチャイクを見かけない。もしや死んでしまったのかと気を揉《も》んでいたところ、先日、庭にブチャイクそっくりの面構えの猫（色は白い）が現れた。やっぱり植木鉢を蹴倒している。絶対にジュニアにちがいない。お盛んなり、ブチャイク！
後継者を続々と引き連れ、またブチャイクが庭にやってくる日を、喉を鍛えて待っている。

みうら・しをん
1976（昭和51）年、東京都生まれ。作家。00年『格闘する者に○』（草思社）でデビュー。06年『まほろ駅前多田便利軒』（文藝春秋）で直木賞受賞。著書に『風が強く吹いている』（新潮社）、『仏果を得ず』（双葉社）、『光』（集英社）、『天国旅行』（新潮社）、『木暮荘物語』（祥伝社）、『政と源』（集英社）など多数。12年本屋大賞に選ばれた『舟を編む』（光文社）は、同タイトルで映画化された。エッセイも人気で『黄金の丘で君と転げまわりたいのだ』（ポプラ社）、『ふむふむ―おしえて、お仕事！』（新潮社）、『本屋さんで待ちあわせ』（大和書房）ほか多数。近著に『あの家に暮らす四人の女』（中央公論新社）などがある。

不思議な猫の話

中野京子（作家・独文学者）

以前、タクシーに乗っていて、ふいに横切った自転車に肝を冷やしたことがありました。そこから運転手さんが、仕事で怖い目にあった話をあれこれしてくれたのですが、人ならぬ者に止められたり乗り込まれたりの幽霊譚《たん》にまで発展し、「タクシーの運転手なら皆そういう経験をしているはずです」。

俄然《がぜん》興味をもったわたしは、それ以来、長い距離を乗せてもらう際には必ず「お仕事中、何か不思議なことに出会いませんでしたか？」と聴くようになりました。全く無いと言う人はわずかで、たいていは何かしらの奇妙な話をしてくれます。二人乗せたのに降りる時は一人だったとか、高速道路で前を行く車と衝突したバイクが消え失《う》せたとか、果てはＵＦＯに誘拐されかけたというのまで……。

最近の例では、旅行からもどって羽田から乗った夜のこと。やはり運転手さんに同じ問いかけをしてみました。一度だけある、と。それは深夜に田舎道で女性が手を上げたので停《と》めると、誰もいなかったというものでした（実はこのパターンがわたしが聞いた中でも一番多い）。

「でも」と彼は続けるのです、「それは疲れて眠くて、何かを人と見間違えたのかもしれません。見間違えるようなものは近くに何もなかったですけどね」。

それからしばらく無言で走った後、また話し始めました。だいたいこういう内容でした――

無類の猫好きで、今も数匹飼っています。この仕事をしていると、道路に猫の轢《れき》死体がどんなに多いかわかります。片付けてやることもありますが、客を乗せていてできない場合が多く、そばを走りながら可哀そうだなと思った瞬間、肩のあたりに猫の気配と訴えるような啼《な》き声《ごえ》が聞こえてくることがある。「よしよし」というふうに心で答えてあげれば、いつの間にかそれはやむのです。

猫が好きになったきっかけは小学生ころ。きれいな白い猫をもらい、可愛がって育てていたのに、引越し先が動物を飼えないというので、泣く泣く親戚に譲ることになりました。その人は猫を自分の車に乗せて帰って行ったのですが、数時間後、庭にそっくりの猫がいて、こちらを見ている。おや、もどってきたのかな、と思ったものの、猫はただこちらをじっと見つめるばかりで近づいて来ないし、自分も何だかその場を動けないような感じでしばらく見つめ合っているうち、ふっといなくなってしまった。

　そのすぐ後、猫が車に轢《ひ》かれて死んだと親戚から電話があったのです。乗せていた車をパーキングエリアで停めた途端、猫がドアをすり抜けて外へ走り出て、トラックに撥《は》ねられたというのです。さっきの庭の猫は、別れの挨拶《あいさつ》に来てくれたのかなと思いました。猫の轢死体がどうしても目につくのは、そういう経験からかもしれないし、タクシーの仕事についたというのも、まあ、ある種の因縁を感じます。

でもこんな話を同僚にして、猫に憑《つ》かれているんじゃないかとからかわれたのがきっかけで、一時、猫を飼うのをやめていた時期がありました。そのころ体調を崩して数日寝込んだのですが、どこからか見知らぬ猫が入ってきて、黙って枕元に座っている。一人暮らしでしたので心強く、治ったらこの猫を飼おうと決めました。ところが具合が良くなりはじめるとともに、猫はもう来なくなってしまったのです。妙な話なので、信じてもらえないかもしれませんけどね。

――いいえ、信じます、とわたしは答え、タクシーを降りたのでした。長く留守していた家には手紙類がたまっており、その一番上に、なんと、この『ねこ新聞』からのエッセー依頼の手紙が！　シンクロニシティとはまさにこれを言うのでしょう。謎めいた美しい生きものである猫には、いつも不思議な話がまとわりついていますから。

なかの・きょうこ
北海道生まれ。作家・独文学者。著書に『怖い絵』シリーズ（角川文庫）、『名画の謎』シリーズ（文藝春秋）、『はじめてのルーヴル』（集英社）、『橋をめぐる物語』（河出書房新社）、『ロマノフ家12の物語』（光文社新書）など。訳書にツヴァイク著『マリー・アントワネット』（角川書店）。近著に『「絶筆」で人間を読む―画家は最後に何を描いたか』（NHK出版）がある。著者ブログは「花つむひとの部屋」（http://blog.goo.ne.jp/hanatumi2006）。

お前が教えてくれたもの

水谷八重子（女優）

未だ一年にもなっていない。

「猫」という生き物との共同生活が。

去年のエイプリルフールの日のことだった。

アパートの玄関に妙に人なつこい茶虎の猫がいた。

ニャアニャア声で私に擦り寄って、一声大きく「フニャー」と泣いて、尖った耳をこすりつけてきた。

かなり長い私の生涯だが、未だかつてこのような媚態を示されたことはない。

それはゾクッとするような嬉しさと、ゾッとするような恐ろしさをも感じさせた。

すくんだ私を「ウミャーン」と上目遣いに下から見上げた。

口は真一文字に大きく開いて鋭い犬歯（?）を見事に見せた。

道行く人が私を見た。

何とか反応しなければと私は焦った。

「来るかい？」

と声に出して云いながら、未知なる動物を膝でちょいと押してみた。

敵は無言で身体を寄せたまま、器用なUターンで反対側の耳を擦り付けた。

「じゃおいで」

戸惑いを隠して私は向きを変えて歩き出した。縁が切れれば元々だ。

しかし敵は付いてきた。背筋を伸ばしてシャンシャンシャンと付いてきた。

管理人室の前もすっと通り、開いたエレベーターにスイッと乗った。

当然って態度でエレベーターをスイッと降りて我が家にトントントンと入ってきた。

ここまで来て私は全く戸惑った。どう接して良いものか、皆目検討が付かなかった。

こちらの戸惑いをよそに敵は堂々と部屋中を探索にかかった。

いつ何時オシッコをされるかと私は本心ビクついた。一渡り家宅捜索を終わると、思い出したように擦り寄って「ミャーン」と鳴いた。

「この甘ったれちゃんが」

と無理に猫なで声で答えたのは良いが、何をどうしたらば良いのやら、私は途方に暮れていた。

途方に暮れていた、と云うことは敵を我が家に置くつもりになっていたと云うことだ。

管理人さんに慌てて尋ねた。

「今、私と一緒に入ってきた猫、どこかの猫ちゃんじゃありませんか？」

管理人さんが云った。

「二、三日前からこの辺ををウロウロしてましたよ。愛想が良いもんで皆さんが可愛い可愛いって。でも皆さんペットをお持ちだから飼ってやれないって」

お財布掴んで私は走った。通りのペットショップに飛び込んだ。手提げの檻と首輪を買った。サイズを測った訳ではない。ましてや初めての猫である。幅を持たせた首輪は、可愛げのない紺色しかなかったが仕方がない。念のために引き綱も買った。小犬用の真っ赤な紐だった。トイレも買った。砂も買った。犬猫病院の在処を確かめて家に戻った。

おっかなびっくり首輪をさせて、ビクビク物で檻に入れて病院に駆け込んだ。

診察の間中「ビヤーン、ビヤーン」と敵はうるさく鳴き続けた。

「悪い病気も無さそうですよ。予防注射も全部済ませました。これは飼い猫ですね。あんまりうるさいんで捨てられたんでしょう。飼うのなら早く去勢するのをお勧めします」

青い首輪の茶虎の猫は、こうして我が家の一員となった。「ミャーチャン？」知らん顔。「ニーコ？」無視。「トラ？」ミャーとちょっと鳴いた。これで「トラちゃん」にソク決まった。

台所に入ったら「ノー！」。テーブルに乗ったら「ノー！」。パソコン部屋に入ったら「ノー！」。小犬と同じに仕付けが出来るものだと思った私が馬鹿だった。なし崩しに総て認めざるを得なかった。

オシモの仕付けは何の心配もいらなかった。買いたての真新しいトイレの器にちょこんと入って、慎重に位置を確かめてから、遠くを見る目つきになったと思うと、おすまし顔でおもむろにやった。その後が大変だ。とんでもない所まで派手に飛ばして砂をかける。もういいよ、たのむから…って云うほど掛けまくる。

爪の間に入った砂をトレイの渕でこすってはプルプル振っている。おかげで私の足の裏はいつもザラザラ。自分はいつもツルツルのピンクの梅の花。じっと寝姿を見ていると、虎模様の曲線がなんともいじらしく見えてくる。そんな私は夢を見た。

六本木の交差点を虎猫が渡って行く。青い首輪が渡って行く。私は必死になって、声を限りに名を叫んだ。知らん顔して茶虎が行く。目が覚めてもしばらく動けなかった。急に愛おしくなった。大事になった。失ったらどうしようと思った途端に涙が出た。雀が飛んできた。茶色い頭が、胸が丸かった。生き物の命を感じた。雀はベランダをピッと汚して飛んでった。勝手な振る舞いが可愛かった。考えたこともない自分の思いに戸惑った。私、歳を取りすぎて神様になっちゃったのかしら?

初めて暮らした「猫」と云う、勝手な生き物にはまったせいなのだろう。

みずたに・やえこ

1939(昭和14)年、東京生まれ。女優。父は歌舞伎の名優14代目守田勘弥、母は初代水谷八重子。55年、16歳で新派の初舞台。同年にジャズ歌手としてもデビュー。以来、映画やTVでも活躍し、今年芸能生活60周年を迎えた。61年には映画『花の吉原百人斬』で、NHK最優秀助演女優賞を受賞。73年には文化庁芸術選奨演劇部門文部大臣賞新人賞を受賞。以来、菊田一夫演劇賞、松尾芸能賞、芸術祭賞、都民栄誉賞、文部大臣賞など数多くの賞を受賞。01年紫綬褒章、09年旭日小綬章を受章。95年、水谷良重改め、二代目水谷八重子を襲名。近著に『暮しの手帖』に書き下ろした連載をまとめた『とりとめもない話』(ブックエンド)がある。

猫の政治活動について

赤瀬川原平（画家・作家）

猫は政治家である。いつも票を取りまとめようとして活動している。いまはもう家にネズミがいなくなったので、猫には仕事がない。だから毎日眠って生活しているが、ときどき政治に目覚めて、これではいかんと、政治演説にくる。

ふつうは、

「にゃあお…」

と、テンテンのところに含みをもたせながら、人の目を見て、アイコンタクトというのか何か知らないが、よろしくお願いしますよ、と工作をする。私に一票を投じてくれるんでしょうね、という意味である。

にゃあお…の演説とアイコンタクトだけでは足りないと思ったときは、握手を求めてくる。猫の場合はふつうの握手ができにくいので、鼻先をすりつけて、鼻でぐんと押したりして、体全体をなすりつけたりして、ぜひとも私に一票を、と活動する。

しかし猫というのは、全裸である。全裸の体をなすりつけたりして、これは選挙違反にならないのだろうか。

でも猫だからいいのだ。猫の方も、猫だからという特例を承知している。その上で全身を使っての選挙活動をしている。

なぜ選挙活動かというと、うちにはぼくと妻の二大勢力があるからだ。

以前は娘という第三党もあったが、いまはもう議会を離れている。

ニナという雑種犬の第四党もあったが、昨年他界した。

現在は二大勢力ということに整理されているから、うちの猫のミヨとしても政治活動がしやすい。Aの方に行って体をすりつけて、場合によっては膝に乗ったりして、私をひとつよろしく、と訴える。そしてBのところにも行って同じことをして、場合によっては爪で引っ掻いたりもする。

そういうことをして、まぁこれだけ活動しておけば大丈夫だろうと、あとはまた自分の好みの場所に戻って、黙って眠っている。とりあえずやることをやったんだからと、後は票が熟してくるのを待っている。

この場合の有権者としては、そんな選挙活動なんて無視して、場合によっては棄権しちゃってもいいんだけど、でもやはり人間だから、まったく無視するというわけにもいかない。時分時になると仕方なく台所に行って、かつお&おかかという缶詰をパカンと開けて、ミヨの茶碗に定量を入れてあげる。

投票箱みたいなものだ。最近は海苔が好きだということが判明したので、上にきざみ海苔をパラパラと振る。

ミヨが近くで寝ているのをよく見ると、じーっと寝たふりをしている。いや本当に眠っているのであれば失礼なことだが、でも猫は寝たふりをするのが得意である。眼をつぶって、しかし耳だけはピンと立てて、有権者の動きを監視している。

猫は政治家であると同時に、選挙管理委員会でもある。投票時間の締め切りが迫ると、市民にスピーカーで呼びかけたりする。

うちではこれを「おらぶ」という。ぼくが子供のころ住んでいた大分県の辺りの方言で、叫ぶとかわめくというのに近い。

「にゃおう…ぎゃおう…」

と、それはそれは凄い声でおらびはじめる。そんなにいわなくてもわかったよ、といいたくなる。

ところがこれが、食べた後にもはじまるから困るのだ。ちゃんと食べて満足したはずのところで「ぎゃおう…」とおらびはじめると、ちょっと意味がわからなくなる。

何か要求するとか、なじるとかいうときに、大声でおらぶというのはわかるが、満足したはずの時におなじことをやられると、ちょっとわからなくなる。

人間は猫の動きを政治活動と思って見ていたりもするが、ひょっとしたらぜんぜん違う、ただたんにカラオケ活動なのかもしれない。

あかせがわ・げんぺい
1937（昭和12）年〜2014（平成26）年、神奈川県横浜市生まれ。画家・作家。またの名を尾辻克彦（本名・赤瀬川克彦）。画家と作家の視点をあわせ持つ異才。路上観察学会など、独自の視点で事物を見るところから、芸術が生まれることを、実証、追求し続けている。60年代「ハプニング」「イヴェント」を展開。70年代『美術手帖』『ガロ』で活躍。80年代「考現学」の講師と、活躍の場を広げている。『父が消えた』（文春文庫）で芥川賞受賞。『トマソン大図鑑無の巻』『老人力』（ともに筑摩書房）など、多数の著作と展覧会活動で、世に刺激を与え続けてきた。

うちのかま猫

内館牧子（脚本家）

世の中で一番せつないのは、「取り立てて」という言葉が似合う人間、もの、風景、料理、草花等々すべてだ。

取り立てておいしくもない料理、取り立てて個性もない人間、取り立てて美しくもない風景、取り立てて欲しいとも思わない数々。この「取り立てて」という言葉には、「特別に悪くはないけど、別によくもない」という、実に中途半端な凡庸さが漂う。この中途半端感がせつない。哀しい。

いっそすごいブスとか、誰にも負けない鈍さとか、絶対に欲しくないものとか、そういう半端ではないマイナス因子は、まだしも個性だ。むろん、それにはそれの悲しみ、苦しみはあるにせよ、例えば「どんな人？」と問われ、

「うーん、普通の人」

としか答えようのない人間、これはせつない。

うちの庭に、全身からそんな中途半端感が漂う猫が現れたのは、今から八年前のことである。

それは宮澤賢治の小説『猫の事務所』に出てくる「かま猫」のようだった。賢治は次のように書いている。

「夜かまどの中にはいってねむる癖があるために、いつでもからだが煤《すす》できたなく、殊に鼻と耳にはまっくろにすみがついて、何だか狸のような猫のことを云うのです。

ですからかま猫はほかの猫には嫌われます。」

さすがに今では煤の出るかまどはないが、うちに来たかま猫は体中に枯れ葉をつけ、鼻には食べかすをつけ、耳にはナメクジをつけていた。飲食店の裏口か湿っぽい藪《やぶ》の陰か、そんなところで生きていたのだろう。

せつないのは、容姿がどうにもならないほど凡庸だったことである。中肉中背、毛は白黒、顔は普通。取り立ててブスでもないが、可愛いとかきれいの範疇《はんちゅう》には絶対に入らない。要は、ほめようのないかま猫である。

しかし、私はこの子を捨てておけなくなった。ご近所の猫好きの手まで借り、大捕物を展開して病院へ連れて行った。室内で飼おうとしたのだが、鳴き叫んで嫌がる。引っかくし嚙《か》みつくし、強烈な拒絶である。

　この猫に、私は「カミラ」という名をつけた。畏れ多くも、英国皇太子夫人から勝手に頂いた名だ。申し訳ないが、カミラ夫人は「取り立てて」というタイプである。故ダイアナ妃の華も美もなく、キャサリン妃の愛嬌も色気もない。「どういう人？」と問われたら、「うーん、普通の人」と言うしかなさそうではないか。

　私は庭の隅に、発泡スチロールで「バッキンガム宮殿」を作り、カミラはすでに八年も、そこの女王である。

　この八年の間に、実はびっくりするようなことが起きた。

　カミラの容貌が変わったのである。嘘《うそ》ではない。美猫になったのだ。フェイスラインがくっきりし、小顔になった。そうすると目が大きく映える。かま猫時代から目は

キウイフルーツの緑色だったが、それがさらに深く輝き始めた。毛艶もよく、四肢は締まっている。

以前は、編集者もテレビ局のプロデューサーも、友人知人も誰もが、

「いかにも野良。ほめようもない猫」

と言い、中には、

「こうもつまんない猫だと、ものの哀れを感じるよなァ」

とつぶやいた編集者さえいるのだ。

カミラはなぜ美しくなったか。私はハッキリとわかっている。毎日毎日、とことんほめたせいだ。彼女は実際に頭と心が良く、私は、

「カミラはどこに出しても恥ずかしくないねえ。こんないい子、どこにもいないわァ」

とほめちぎる。

「カミラ、きれいな目の色ねえ」

「カミラの鼻、小さくて可愛いねえ」

「カミラ、みんなにきれいってほめられるでしょ」

「カミラ、もてるでしょ。可愛いもん」

「カミラ、港区小町って言われるでしょ」

周囲はあきれていたが、今やその周囲も少しは認める美猫のカミラなのである。

人間も猫も、料理も風景も草花も、あらゆるすべてのものは、ほめられると変わる。

私はカミラで実感した。最近では、

「カミラ、東京小町って言われるでしょ」

と、港区から東京にグレードアップした。

うちだて・まきこ
1948（昭和23）年、秋田県生まれ。脚本家、作家。武蔵野美術大学造形学部卒業。NHK連続テレビ小説『ひらり』『わたしの青空』、大河ドラマ『毛利元就』、東芝日曜劇場など、数多くのテレビドラマを手掛けている。日本女性放送懇談会賞、第1回橋田賞、『てやんでえッ!!』で文化庁芸術作品賞受賞。2011年には『塀の中の中学校』でモンテカルロテレビ祭最優秀作品賞など三冠受賞。著書には『夢を叶える夢を見た』『十二単衣を着た悪魔 源氏物語異聞』（幻冬舎）、『愛し続けるのは無理である。』（講談社）、『「横審の魔女」と呼ばれて』（朝日新聞出版）、『二月の雪、三月の風、四月の雨が輝く五月をつくる』『毒唇主義』（潮出版）など多数。最新作に『終わった人』（講談社）がある。大の格闘技ファンであり、00年に女性初の横綱審議委員就任。03年には東北大学大学院で、「大相撲の宗教学的考察」をテーマに宗教学を専攻する。武蔵野美術大学客員教授、ノースアジア大学客員教授、東北大学相撲部総監督、元横綱審議委員、元東京都教育委員、元東日本大震災復興構想会議委員。

猫に学ぶ

神林長平（作家）

猫か犬かと問われれば、もちろん猫に決まっていて、いっぱしの猫を気取って学生時代を過ごし、さて将来はと考え、犬のように群れて生きるのは絶対にいやだったから、独りでできる仕事、実家にて小説家を目指すことにした。

当時、家に勝手に出入りしている猫がいた。努力を重ねて原稿用紙に文字を綴《つづ》り、それが段ボール箱いっぱいになっても活字にならないので、その猫に、「猫はいいよな」と愚痴を漏らすと、努力が足りないのだと猫に叱咤《しった》激励されたが、それは昼寝で見た夢の話で、現実の猫は激励などするはずもなく、「生きるのに努力なんか必要ない」という。ただ、「猫をやるにも、苦労はある」という。なるほど、生きるのに格別の努力はいらないが、苦労はしている、というわけだった。

残念ながら自分は猫ではなく、猫にはなれないのだと自覚したのはこのときだ。人は、努力なしで人間になることはできない、そういう生き物である。で、努力に苦労を重ねて書き続けた結果、なんとか活字にすることに成功し、人間の伴侶を得て実家から独立したあと、また一匹の猫と出会った。

チャトラの雄でまだ生後半年くらいだったろう、ほっそりとした身体つきだったが、気は強そうだった。試しに夕食の残りの魚をやると警戒しながらもぺろりと平らげ、ゆうゆうと引き上げていった。また来たらうちの猫にしようと決めて待っていたら、一度しかあげてない餌の場所に翌日姿を現したので、その日のうちに妻が猫のトイレと餌、皿までひとそろい買い込んできて、以来二十一年の間、ともに過ごすことになった。名をゲンマイという。元気で毎日、ゲン・マイ。

ゲンマイは、これぞ猫、猫とはこういう生き物だという、それを再認識させてくれる存在だった。人に甘えることはあったが、決して媚《こ》びない。いつも近くにいるのでこちらを頼りにしていることはわかるのだが、では、と勝手に引き寄せて抱くと、いやだという。なれなれしくするな、という。人間関係もこうありたいものだと思ったことだ、たとえ親しい家族であっても。

よくペット自慢で「うちの子」という表現を聞くけれど、我が家の猫はぼくらの子ではない。猫を産んだ覚えはないし、ゲンマイも子供呼ばわりされるのは迷惑だったろう。成猫は自律した立派な「大人」だ。それでも家族なので、ぼくら夫婦は飼い猫にたいして、「おにいちゃん、おねえちゃん」で接している。とくにゲンマイは、二十年以上の長きに渡り、執筆中いつも脇にいたので、仕事の相棒のような関係だった。

そのゲンマイも年をとると運動量が減り、一日中窓辺で寝ていることが多くなった。窓際から床に降りるときは、飛び降りたりせず、降りやすく用意してある箱を探るようにして慎重に動いた。自分の体力を決して過信しなかった。餌場やトイレに行くとき、介護するつもりで抱くと、若いころとかわらずいやがった。最晩年は、それでこちらが苦労させられた。歩く道筋にビニールシートを敷きつめた。突然立ち止まってそこで排尿するからだ。

毎朝起きると、まずはその拭《ふ》き掃除で一日が始まる日が三カ月くらい続いた。ペット用のおむつを知らないわけではなかったが、身にそういったものを着けられるのを猫はいやがる。むしり取るだろうし、その体力もまだあった。自力で食べ、自力で排泄した。それでも亡くなる三日前くらいから餌も水もあまり摂《と》らなくなった。今晩あたりが山かと、でもあまりに安らかに息をしているので、仮眠を取るつもりで寝ていたら、弟分の若い猫が、とんと布団に乗ってきて、いつもは声を出さないのに、にゃあと鳴いた。ああ、逝ったのだな、と思い、ゲンマイを見に行くと、まだ温かかったが、安らかな寝顔のまま、二度と目を開くことはなかった。

素晴らしく晴れ上がった秋の日で、きょうは死ぬのに良い日だとゲンマイ自身が決めたかのようだった。哀しみは深かったが、晩年の介護は猫とはいえけっこう負担だったので、正直なところほっとした気分もあり、ゲンマイはそこまでこちらを気づかってくれたようでもあった。まったく、見事な最期というほかない。

学んでもできないことというのはあるもので、とくに死に様などは人知を超えているわけだが、できることなら自分もかくありたいものだと思っている。

かんばやし・ちょうへい
1953（昭和28）年、新潟県生まれ。作家。79年に『狐と踊れ』が第5回ハヤカワSFコンテストに入選し作家デビュー。95年『言壺』でSF大賞受賞。SFファンの投票で選ばれる星雲賞は長編部門・短編部門で合計8回受賞。代表作に『あなたの魂に安らぎあれ』『帝王の殻』『膚の下』と続く火星三部作、黒猫型異星人アプロが活躍する『敵は海賊』シリーズ、『戦闘妖精・雪風』シリーズ（全て早川書房）、『ぼくらは都市を愛していた』（朝日新聞出版）、『だれの息子でもない』（講談社）他、著作多数。近著に『絞首台の黙示録』（早川書房）がある。

ああ、愛しのお猫さま

池田理代子（劇画家・声楽家）

この世であなた方ほど、文句なしに私の心を捕らえ和ませ幸福を与えてくれる存在があるでしょうか。

私どもも人間は、もう随喜《ずいき》の涙を流しながらあなた方のお食事のお世話をさせていただき、お手洗いのお掃除をさせていただき、お風呂にもお入れし毛を梳かせていただき、お気に召すまでさまざまな玩具を買い求め、噛みつかれようが引っ掻かれようが寛大な心をもってお許し申し上げ、その挙げ句に全然顧みられなくてもそれはそれで仕方ないとつれない仕打ちに甘んじ、たまに「にゃ」との一声でも掛けていただこうものなら欣喜雀躍《きんきじゃくやく》身をくねらせて光栄に感謝し、さらに「にゃんにゃん」とお膝にでも乗ってこられようものならもうやりかけている仕事のすべてても放擲《ほうてき》して幸福に酔い痴れてしまうのでございます。

締め切りも編集者も、あなたさまの前にはものの数でもございません。

それなのに、この非力なわたくしめは、世界中におられますあなたがたのご一族のうち不運にも悲惨なご境遇に耐えていらっしゃるすべてのかたがたをお救いする能力はないのでございます。

ええ、ご嘲笑くださいまし。こんなわたくしでございますから、我が家にお暮らしいただいておりますごんち姫さまに一日わずか15分ほどしかその顔を向けていただけなくとも当然の報いなのでございます。

どでかいゴキブリがわたくしに向かって飛んでまいりました時も、さっさと見放され、ご自分だけどこかへお隠れ遊ばしたのも当然のこと。

折角丹精こめたベランダの菜園をカラスに荒らされてなるものかと、一生懸命掛けましたカラス除けのネットに引っ掛かられましたごんち姫さまが、ネットをずたずたになさいましたのも致し方ないことでございます。

窓辺に育てている観葉植物の新芽を美味しそうにお召し上がりになり、観葉植物の原型をとどめぬ姿に変えておしまいになるのだって、きっと十分にお気に召すお食事をご用意していない当方の落ち度なのでございましょう。

テーブルの上に乗っているあらゆる小物の類が、いつのまにかごんち姫さまのやんごとなき麗しい御手によって悉《ことごと》く下に落とされてしまうのも、ささいなことでございます。

何しろ先代のたぬき様ときたら、小物どころかあらゆる置物や植木鉢など重量のあるものまですべて下に落として壊しておしまいになりました。

お食事がお気に召さないと、幾日にもわたってハンストをされ、同じ食事は一週間と続けてはお召し上がりになりませんでしたし、お手洗いに入られてもお手洗いが汚れぬようご自分の体だけ中に入れ臀部は外に突き出して排便なさいました。

まして、あのようにくちゃいものを、そのやんごとなき御手で始末するなどもってのほか、便とはまったく関係のない離れた場所を形ばかり掻いてすたすたと立ち去られたのでございます。お気にめさないことが少しでもあると、「げっ」と食されたものを床にお戻しあそばしましたが、それもお気に召さないことの数だけ律儀に正確になさるのです。

人間でいらっしゃいましたならさぞかし数学に非凡な才をお示しになっていたに違いないとご拝察申し上げております。

野鳩、スズメ、イモリ、ゴキブリ、特大バッタなどなど、あらゆる動くものはたぬき様の素晴らしい狩猟の才の前にひとたまりもございませんでした。そのうえ、いかにご自分の身の回りのお世話を申し上げている者であろうとも、このわたくしめ以外の者には決して心を許さず、抱かせることも触らせることもない矜持の持ち主であらせられました。

このような才能と誇りに満ち溢れ、21歳まで長寿を保たれましたたぬき様にひきかえ、ごんち姫さまは、ベランダで日向ぼっこをなさっているときに雀が飛んできてさえ怯えられ、「中に入れて」とガラス戸を引っ掻かれ泣き喚かれる始末で、ぼろぼろの小さな段ボール箱に窮屈そうに入られて至福の表情をお見せになり宅配便や郵便配達のお兄さんが来ると飛んでいって足元にごろんと横たわられ「にゃあにゃあ」と媚をお示しになるなど、極めておん志の低いお方ではあらせられますが、もうわたくしどもはごんち姫さまにメロメロの夢中で日々ご奉仕させて頂いております。

でもせめて、一度で結構でございますからこのわたくしの頬に熱いくちづけをしてはいただけないものでございましょうか。

それは、高望みというものでございましょうか。

かしこ

忠実なるあなたの下僕

池田理代子

いけだ・りよこ

劇画家、声楽家。東京教育大学（現・筑波大学）在学中より漫画を描き始め、１９７２年に連載を開始した『ベルサイユのばら』は社会現象ともいえる大ヒットとなり、世界各国語に翻訳され、今もなお国際的な人気を博する。『オルフェウスの窓』で日本漫画家協会優秀賞受賞。代表作は他に『栄光のナポレオン　エロイカ』、『女帝エカテリーナ』、『ベルばらＫｉｄｓ』など。また、１９９５年に東京音楽大学声楽科に入学。２００５年、ソプラノ歌手としてＣＤ『ヴェルサイユの調べ～マリーアントワネットが書いた12の歌』を発表。歌手として活動する傍ら、『ベルサイユのばら―エピソード』『まんが日本の古典　竹取物語』、絵本『ベルばらＫｉｄｓ』などを執筆。２００９年には、日本においてフランスの歴史や文化を広めた功績に対し、フランス政府よりレジョン・ドヌール勲章を贈られた。http//www.ikeda-riyoko-pro.com

外猫ケンさん

村松友視（作家）

カミさんと私の伴侶たる、猫のアブサンが亡くなってもはや十五年がたっている。そのダメージがカミさんから消えるのには、かなりの時を要した。そのダメージは、まだ完全に消えたとは言えず、アブサンがいればさぞかしなぐさめとなるだろうと時おりは考えたりもするのだが、それはとうてい叶わぬ夢であるというところへ、気持を落着させざるを得ない。

第一、アブサンは私たちにさまざまな愉しみ、面白さ、なぐさめ、教訓を与えたあげく、二十一歳という長寿を全うしたのだ。とくに晩年のアブサンには深い味わいがただよっていた。アブサンは完璧に生きおおせたのであり、現在の寂しさから彼に助けを求める気分など、天国のアブサンを困らせるだけだと己れに言いきかせ、思い出の中で悠々と生きているその姿を想像していればよいと、私たちは割り切っている。

そんな時のながれの中で、アブサン時代からわが家にやって来ていた数匹の外猫に睨《にら》みをきかせていたケンさんのことが、やけに気になりはじめた。

ケンさんは、ケンカ早くてしかも滅法強く、荒っぽさに似合わぬ端正な顔立ちをした白黒模様の牡《おす》ネコで、そのイメージを高倉健になぞらえ、わが家ではケンさんと名づけていた。他の外ネコたちが、庭に出すキャットフードその他の餌を食べるのにも、ケンさんと出くわさぬように気を配るほどで、彼のためにケガを負った外ネコはかなり多いはずだ。

ところが、ある時期からその威勢に翳《かげ》りが生じてきたように思われた。さすがのケンさんも、ケンカ三昧の日々のせいで、自らが手負いとなるケースもあり、そんなときは片足を引きずって塀の上にあらわれたりするのだが、その姿はかえって凄味がただよっているようにさえ見えたものだった。

だが、ある日のケンさんからは、ケガとはちがった何かが見えた。私は、それがアブサンの外見にある時期からあらわれたのと同じ〝老い〟の兆にちがいないと思うようになった。考えてみればケンさんは、室内だけで生涯を生きたアブサンとも、庭に面した引戸をへだてる友と言ってよかった。引戸がなければ、もちろん大立廻りとなって、アブサンが大ケガを負うことだって考えられたし、アブサンとてもケンカの経験は皆無ながら、生まれついての立派な体躯の持ち主だったから、逆のケースが想像できぬこともない。それはともかくケンさんは、アブサンの存命中からわが家の外ネコに加わっていたのであり、ケンさん自身もかなりの年齢を加えているはずなのだ。

その眼の光が少しばかりにごりっぽくなり、ヒゲの感じが老猫を感じさせ、ピンクの唇の内の歯並びが不揃いになり、躯《からだ》ぜんたいも痩せたように感じられた。白黒の模様もくっきりとしていたのが、消ゴムでこすったようにかすれてきて、塀へ跳び上がるときにひと呼吸おくようになってきていた。

ケンさんと名づけたときは任侠映画をかさねていたが、役どころをいささか変えねばならぬ雰囲気が生じはじめたというわけだった。役どころといえば、東映任侠映画『人生劇場』において飛車角といえば鶴田浩二の役であり、そのとき高倉健は舎弟役の、〝宮川〟を演じていたが、外猫のケンさんには飛車角のイメージがあった。そこで、健さんの飛車角でもいいかという大雑把な気分で名づけたのだったが、いまのケンさんは飛車角よりも老ヤクザの吉良常《きらつね》に近いイメージだ。それでも、その〝老い〟の兆候には晩年のアブサンと同じ、老境の渋さがかぶさっていた。私は、そんなケンさんをガラス戸の外にながめ、これからはケンさんではなく、ゲンさんと呼んで見守っていこうと思った。ゲンさんという老ケンカ師が、その晩年をどのように生きてゆくのか……これは、家の中で安全と引きかえに野生の面白さを味わえなかったアブサンとはまた別の、見がいのある風景にちがいないのである。

むらまつ・ともみ
1940（昭和15）年、東京都生まれ。作家、エッセイスト。編集者として多くの作家を発掘した出版社時代を経て作家活動に入る。80年に発表した『私、プロレスの味方です』がベストセラーとなる。『時代屋の女房』で第87回直木賞受賞。『鎌倉のおばさん』で泉鏡花文学賞受賞。『アブサン物語』『幸田文のマッチ箱』『百合子さんは何色』『帝国ホテルの不思議』『金沢の不思議』など著書多数。近著に『老人の極意』がある。

わが「猫」探偵帳より

半藤一利（作家）

●某月某日

ひさしぶりに早稲田南町の「漱石《そうせき》公園」を訪ね九層の石塔を拝む。「吾輩は猫である」の名なし猫クンの死後十三回忌のときに建てられたもので、一般に「猫の墓」と呼ばれている。

漱石の家にいること四年間で、明治四十一年九月十三日にこの猫が死んだとき、漱石は鏡子夫人に強要されて哀悼の一句を詠んだ。

この下に稲妻起る宵あらん

猫のよく光る目を稲妻にたとえたところに、漱石俳句の面白さがよくでている。なんて気楽に決めていたら、ちょっと違うことを最近になって見つけた。随筆「永日小品」に猫の目の稲妻がこんなふうに書かれている。
「(猫の目は) 次第に怪しく動いて来た。けれども目の色は段々沈んで行く。日が落ちて微かな稲妻があらわれる様な気がした。けれども放って置いた。妻も気に掛けなかったらしい。小供は無論猫のいる事さえ忘れている」

名なしクンの、だれにもかまわれない寂しい死の前夜である。漱石句の「稲妻」は、生きんとする猫クンの最後の意思のかがやきであったかもしれない。

拝礼をすませ公園でしばし憩っていると、漱石の猫の句がいくつか思い出されてきた。

恋猫や主人は心地例ならず
のら猫の山寺に来て恋をしつ
真向に坐《すわ》りて見れど猫の恋

いやはや、ぜんぶ恋猫の句とは⁉　われながら恐れいった。

●某月其日

明治時代の新聞をパラパラしていたら、漱石家の名なしの猫クンが亡くなる前の九月五日、朝日新聞で面白い話を見つけた。猫を逆さまに吊るして高いところから落とすと、空中でくるりと身をかわして見事に四つ足で立つ。何でもないようであるが、考えてみると実に不思議。そこで、この猫の宙返りを解明せんと、雛形をつくって実験してみた学者がドイツにいたというのである。

「…雛形を逆さに吊るす。そのとき尻尾《しっぽ》は下に垂れているが、糸を切って落とすと同時に、バネ仕掛けで尻尾がくるりと百八十度回転する。そのはずみで胴体も宙返りをして四つ足で立つ」

であるそうな。言われてみれば、なるほどであるが、じゃあ、尻尾のほとんどない猫はどうするんだい？の疑問が湧いた。

●某月其日

『御伽草子《おとぎぞうし》』のなかの「猫の草子」を読み思わずククククとなりたり。

慶長七年（一六〇二）八月、鼠《ねずみ》をとるため猫を解き放つ布令が京都に出た。驚いた鼠どもは寺の高僧に布令の撤回を泣訴する。やむなく高僧は猫たちに向かって、食事に鰹節を加え、ときには高級な魚も加えるから、鼠をとることを控えてはくれまいか、と妥協案を出す。猫は断じて承知せず。「われらが鼠を食べるのは、人間が米を食うのと同じく、天道の定むるところなり」と。この道理に高僧は返す言葉もない。かくて京の鼠は一族郎党を引きつれて都落ち……で、話はお終い。

あらざらんこの世の中の思ひ出に
今ひとたびの猫なくもがな
じじといへば聞き耳立つる猫殿の
眼《まなこ》の中の光おそろし

このとき鼠の詠んだ愉快な歌なり。

●某月其日

難解で有名な、芭蕉《ばしょう》の高弟の其角《きかく》の句に、

猫の子のくんづほぐれつ胡蝶哉《こちょうかな》

という、楽しい句がある。まだ乳をのんでいるような可愛い子猫同士が、上になり下になりして戯れ合っている。そこへ蝶がひらひら、というのどかな春の一景なり、と解していたら、「くんづほぐれつ」しているのが猫の子と蝶々である、と頑強に言い張る御仁があり、これにはびっくりして腰の蝶番《ちょうつがい》がガクガクとなれり。

世の中には不要の知恵を不思議にめぐらす癖のある方がいるものよ。まったく人生いろいろ、人間もいろいろなり。

はんどう・かずとし
1930（昭和5）年、東京生まれ。東京大学文学部卒業後、文藝春秋に入社。「週刊文春」「文藝春秋」編集長、取締役などを経て作家に。93年『漱石先生ぞな、もし』（文藝春秋）で新田次郎文学賞受賞。98年『ノモンハンの夏』（文藝春秋）にて山本七平賞を受賞。著書に『日本のいちばん長い日』『聯合艦隊司令長官 山本五十六』（文藝春秋）、『昭和史』『日露戦争史』（平凡社）など多数。時代感覚と文化的視点から『出来事』を分析し、斬る達人。

二猫物語

林えり子（作家）

床下で生まれた赤ちゃん猫は「つぶ子」と命名されて家族の一員となった。キジに白、尻尾《しっぽ》が長くてきれいな昔ながらの日本猫であった。彼女は猫らしい気まぐれさで居場所をあちこち変えていたが、寝場所だけは、なぜか病に臥《ふ》す夫の枕もとと決めていた。

つぶ子が来て半年後だった。夫が急逝した。

四十六歳で永眠した夫の、その若さを思うといまだに目頭が熱くなるが、当初の涙はそれよりもおのれのいたらなさ、後悔、悲嘆の涙であった。乗り越えられたのは、物を書くという仕事があってのこと、自己嫌悪の波間で溺れそうな気持ちを机に向ってがむしゃらに奮い立たせようとした。そんな私を知っているのは、つぶ子だけだった。ときに、彼女の眼差しは、憐憫《れんびん》さに潤むようだった。

つぶ子は一歳前後から、ふとした折にさびしげな面持ちを見せるようになった。姉妹分でもいれば気がまぎれるだろう、と黒猫をボランティアさん宅から貰《もら》い受けた。

名はわけ子、つぶ子より半年ほど姉さんだが甘えん坊だった。だからって、つぶ子の君臨する座はゆるぎないのである。ご飯にしてもすべてつぶ子が優先だった。わけちゃんは、気持ちの優しい子なので、自分が二番手だろうが後回しにされようが、ぜんぜん気にも留めなかった。

夫の十三回忌を済ませたとき、私は、唐突にも故郷である東京へ移り住みたくなった。息子も独立していた。義母も見送った。横浜の婚家にいることもない、そうつぶやく自分がいた。

快適な猫たちとの一人暮らしを夢見て、湾岸の富士山が眺望できるマンションを射止め、引越しの準備に取りかかった。しかし、住み慣れた夫との思い出のある家を離れるとなると感傷的にならざるを得なかった。

私の心の波動を真っ先に感受したのがわけちゃんだった。食欲不振に陥ったのだ。通院での栄養剤投与、最高級生牛肉が食材という看護が続いた。食べさせるたびに私は「わけちゃん一人を置いてなんかいかれない。早くよくなってね」と言い言いした。

私たちは無事、東京移住を成し遂げた。

ところが、今度はつぶ子が引きこもりみたいに、ベッドの下から出てこなくなった。仕方がないので、私の仕事机の脇にサークルを置き、トイレと寝床つきのつぶ子さん専用の部屋を作った。

そうして数年が経った秋のこと、つぶ子が苦しげに呼吸するようになった。肺に水がたまっているとの診断で、手術をすれば何とかなるが、高齢ですからねぇ…と医者は言う。つぶ子は一見少女のように見えるが、二十二年という歳月を生きている。お医者は苦しむつぶ子を見たくないのなら入院、安楽死ということも、と言った。

そんなこと、どうして出来ようか。私は酸素ボンベの配達を頼み、ゲージにビニールを覆っての病室をつくった。流動食を口に運び、背中をさすり、看病に明け暮れた。

一ヶ月が過ぎたその日、つぶちゃんは、飲ませた水に咳き込んだ。大丈夫？　と声を掛けると、突然、私の胸めがけて飛び込んできた。え、こんな元気があるんだ、と抱きしめると、その目に涙が溢れている。どうしたのとうろたえる私の目をじっと見返し、小さな叫びを上げげた。夫の死の失意から新生活までの日々が、一瞬のうちに思い出された。私は「つぶちゃん」と繰り返し呼んでいる。その私をおいて、つぶ子は先に逝ってしまった。

つぶ子が亡くなって一週間後だった。わけ子の様子になにか生気というものが欠けていた。生肉もあまり食べないので、病院で栄養剤を投与してもらった。虫歯が原因らしいが、わけちゃんにしても二十一歳の高齢、先生は抜歯用の麻酔の影響を心配した。

二日おきの通院生活が始まった。わけちゃんは籠の中でタオルに包まって、仕事をする私を見ては安心して眠る、そんなふうだった。気がつくと、死んだつぶ子さんへの私の涙はだんだんと少なくなっていた。

二ヶ月経った夜であった。台所に立っていると、わけちゃんが寝床にしている籠を引っかくのである。走り寄って抱き上げたそのときだった。私の胸に身体をすりよせると、にゃあ、小さな泣き声を発し、まるでそのか細さに万感の思いをこめるようにして、かくっと首を落とした。

わけちゃんは、つぶ子の死による悲嘆から私を救った。最後の最後になって私の情愛を一身に受けた。そうして、つぶ子のお相手としてもらわれてきた自分の分を承知するかのように、役割を全うしてこの世を去った。

はやし・えりこ
東京生まれ。作家。慶応義塾大学文学部卒。戸坂康二に師事し、編集者を経たのち、作家活動に入る。主な著作に『焼跡のひまわり・中原淳一』『日本女子大桂華寮』（以上新潮社）、『ぶんや泣き節くどき節・岡本文弥新内一代記』（朝日新聞社）、『川柳人・川上三太郎』（第十一回大衆文学研究会賞）『結婚百物語』（以上河出書房新社）、『福沢諭吉を描いた絵師・川村清雄伝』（慶應義塾大学出版会）、『江戸方の女』（講談社）、『江戸っ子ことば』（文春文庫）、『竹久夢二の妻他万喜―愛せしこの身なれど』『清朝十四王女・川島芳子の生涯』（ウェッジ文庫）他多数。

ネコと待ち合わせる駅

関川夏央（作家）

その駅にたどりついて切符を買った。午後も遅い時間である。イナカの私鉄なのに、みな有人駅のようだが切符は券売機で買うのである。

木造の古い駅舎だ。昭和三十年代の味わいがある。階段を三段ほど登ってホームに出る。単線の片側ホームである。木のベンチに腰をおろし、ふと見るとネコがいた。

白地に薄茶のブチ、若いネコだ。たったいま、きたのだろう。券売機の先、待合室というにはせますぎる屋根の下、その出口に近いところにちょこんと前足を立ててすわっている。舌を鳴らして気を引こうとしたが、視線をわずかに動かすばかりで寄ってこない。

散歩の途中？　領地の見回り？　尋ねてもネコはこたえてくれない。

流山《ながれやま》電鉄の鰭ヶ崎《ひれがさき》駅である。千葉県流山からJR常磐線馬橋駅まで、わずか五・七キロを結ぶ。鰭ヶ崎は流山から二つ目、全線を走っても十一分ほどだが、そこから三つ目の終点馬橋へは七分だ。

電車に乗るのが私の趣味である。ローカル線好きで、鉄道オタクが好む秘境的路線も悪くはないが、大都会近郊路線などのほうが身になじむ。車窓風景を眺め、乗客を観察し、わびた駅舎をめでる。なにがおもしろいかと問われても答えにくい。なぜだかおもしろい。

その日は、まず浜松町近くの日の出桟橋から水上バスで隅田川をのぼった。私は橋好きでもある。勝鬨《かちどき》橋、永代《えいたい》橋、清洲《きよす》橋。さすが戦前の建築、風格と思想が違う。浅草・吾妻《あづま》橋のたもとで上陸。少し歩き、つくばエクスプレスにはじめて乗った。約二十分後、南流山駅で降りた。

そこから北へ歩けば流山電鉄のどこかの駅に行き着くはず、と見当をつけてきた。街中を歩いて別線に乗り換えることも趣味なのだ。

陸橋があったので、おそらくこれは線路のオーバーパスだと推して、登らず脇道を選んだ。案の定、線路に突き当たった。三輌編成の下り列車が通り過ぎる線路沿いを歩き、人家の裏庭みたいなところを抜けて鰭ヶ崎駅を見つけたのである。

しかし、ネコに無視されるのはさびしい。少しくらい反応したら？　と嘆いているところへ女の人がやってきた。

四十代くらい、買物帰りなのかレジ袋を持っている。

ネコは立ち上がって、彼女の脚に体側をこすりつけながら、八の字運動をした。旧知の仲らしい。

そうか、待ち合わせか。

彼女は駅舎の脇に入って行き、皿を二枚手にして再び姿を見せた。それを、かたわらの水道で洗い、持参の布で拭いた。

その間、ネコはじっとすわって待っている。

彼女は、レジ袋の中から小さな紙パックの牛乳をとりだした。封を切って皿の一枚に注いだ。ネコは、いかにも空腹だった気配で、それを飲んだ。快いひそかな舌の音が、静かな駅に響いた。

彼女は、もうひとつの皿にキャットフードを入れた。ドライではない方の缶詰である。駅員に頼んで、皿と皿洗い用のスポンジを駅の物置に置かせてもらっているらしい。

上りの電車が到着した。私はそれに乗った。

車窓から最後に見えたのは、満足そうに舌なめずりするネコと、しゃがみこんでネコを軽くなでる彼女の後姿であった。

あのネコは野良なのだろうか。それにしては身綺麗だし、目配りにもいやしいところがない。そしてなによりも、約束の時間にやってくる。ネコが邪慳にされず、のんびりと暮らせる町、そういう町にめぐりあうのも趣味といえるだろう。

私の挨拶にネコたちがこたえてくれなくとも、おびえを露骨に見せさえしなければ、私は十分に幸福感を味わうのである。

せきかわ・なつお
1949（昭和24）年、新潟県生まれ。作家。85年『海峡を越えたホームラン』で第7回講談社ノンフィクション賞。78年、谷口ジローとの共著『「坊っちゃん」の時代』で第2回手塚治虫文化賞。『二葉亭四迷の明治四十一年』などの業績で第4回司馬遼太郎賞。03年『昭和が明るかった頃』で第19回講談社エッセイ賞。著書に『白樺たちの大正』（文藝春秋）、『女流　林芙美子と有吉佐和子』（集英社）、『昭和の家族』（新潮社）、『「解説」する文学』『文学は、たとえばこう読む』（岩波書店）、『やむを得ず早起き』『夏目さんちの黒いネコ』（小学館）『東と西　横光利一の旅愁』（講談社）など。

運命の猫

森村誠一（作家）

人間の生活に最も深く関わっている動物は猫と犬であろう。そして猫派と犬派は真っ二つに分かれる。宮本武蔵のような二刀流もいるが、少数派である。

我が家は歴代猫派である。なぜ猫派になったのか、その辺のところは語り伝えられていないが、初代は野良が迷い込んで来て居ついてしまったらしい。初代からコゾと名づけられ、五、六代つづいた。コゾの次は現在のメイ、チビ黒になっている。

メイ、チビ黒も野良猫であったのが、我が家に迷い込んで来て、出て行かなくなった。白毛の中に三つの黒毛のハートマークがついているのがメイ、きじ猫がチビ黒である。ペットショップで買ったり、他の人からもらったりしたのとちがって、本人（猫）の意志によって我が家に入り込んで来たことに、運命的な縁《えにし》を感じた。

なぜ猫なのか。猫は犬ほど人間の役に立たない。たとえば強盗が入ったり、飼い主が窮地に陥ったりすると、犬は命を賭《と》して主人を守ろうとする。猫は真っ先に逃げ出してしまうであろう。飼育目的別にしても、犬は愛玩《あいがん》犬をはじめ、番犬、軍用犬、警察犬、牧羊犬、猟犬、闘犬、盲導犬《アイメート》、救助犬、輓曳《ばんえい》（ものを引く）犬と多彩である。

それほど人間に役立つ犬に比べて、猫は家の中でのらくら眠っていたり、日向ぼっこをしていたり、ほとんどなにもしない。にもかかわらず、犬は愛玩犬を除いて、屋外の犬小屋に隔離されているのに対して、猫は家の中に向かい入れられ、人間同様に待遇されている。この差別はなぜであろうか。

しかも、差別は猫の間にもある。飼い猫は人間の手厚い保護を受けて二十年以上も生きる（三十年という記録もあるそうだ）のに対して、野良の平均寿命は二、三年である。同じ猫でありながら、飼い猫と野良猫の差別は著しい。

その点、犬は保健所がどんどん狩り尽くして、野良犬はほとんど見かけない。飼い主による待遇のちがいはあっても、猫のような差別はない。だが、その差別のおかげで野良猫でも、二、三年は生きられる。

飼い主にしてみれば、理由などない。とにかく自分の猫が可愛くてたまらないのである。飼い主にとっては愛猫の仕種《しぐさ》一つ一つがどうしようもないほど可愛らしい。炬《こ》燵《たつ》の上や日溜《ひだ》まりに丸くなって寝ている姿や、箱足という、前足を胸の下に折り曲げてうずくまっている姿などを見かけると、触りたくなる誘惑にほとんど耐えられない。

猫が常に視野の中に入る家庭は安定感があって平和的である。

その点、使役犬が家の中に上がり込んでいると、どうも違和感がある。犬にしてみれば、自分たちの方がはるかに人間の役に立っているのに、大いに不満であろう。

私の母親は当初、あまり猫が好きではなかった。

「猫なで声で甘えているくせに、背中を向けると舌を出している」

と言って、猫に冷たかった。

私が小学生低学年のころ、二代目か三代目のコゾが、深夜、二階の寝室の枕許《まくらもと》に来て鳴いた。いつもとちがう鳴き声に目を覚ました私は、ふと異臭を嗅《か》いだ。コゾは階段の上に行って、さらに鳴いた。コゾに引かれる形で階段の下り口に行った私は愕然《がくぜん》とした。階下が烟《けぶ》っている。私は咄嗟《とっさ》に火事だと叫んで、両親や家族を叩き起こすと、階下に駆け下りた。

炬燵から朦々《もうもう》と煙を発しており、母は竈《かまど》の上に水のあんばいをしてといであった米入りの釜を取って来て、米ごと炬燵にかけた。発見が早かったので、小火のうちに消し止められた。最後の訪問客の煙草の火が炬燵蒲団《ぶとん》に残っていて、くすぶり始めたらしい。危ないところをコゾによって救われたのである。

それ以後、母親のコゾに対する態度は一変した。大の猫嫌いであった母が、コゾを目に入れても痛くないような、文字通りの猫っ可愛がりをするようになった。

また、いつのころからか、恐ろしく不細工な黒猫が我が家に立ち寄るようになった。目は目やにだらけ、全身に擦《す》りむけの湿疹《しっしん》が広がり、口は充分に閉じられず舌の先が少し覗《のぞ》いて、いつも涎《よだれ》を垂らしている。まさに化け猫を絵に描いたような面（猫）相をしていた。彼がチビ黒の先祖である。

なにかの弾みに、家人や私が餌をあたえたのに味をしめて、戸外の仕切り戸に影のように張りついている。だが、決して懐くことはなく、手を伸ばしても身体に触れさせない。餌だけ取ってさっと逃げる可愛げのない猫であった。

それでも次第に距離を縮めてきて、仕切り戸が開いていると、そろりそろりと家の中に入り込むようになり、家人の足音を聞くとさっと逃げ出した。だが、一定の距離を保って安心したように昼寝をするようになった。

そんな猫でも、我が家のテリトリーに居つくようになると可愛くなる。数日、旅行をしたりして不在の間は、気になる。餌をまとめて置いてきてあるが、他の野良猫も立ち寄るので、足りなくなるであろう。久しぶりに帰宅して、仕切戸に影のように張りついている黒いシルエットを見かけると、ほっとする。

そんなクロが、不在にしてもいないのに姿を見せなくなった。見るからに不健康であったので、その辺で野垂れ死にをしたのか、あるいは猫狩りに捕まったのかと案じていると、十日ぶりぐらいに、秋の夕方、フェンスの上に姿を見せた。安心した家人が「クロ」と呼びかけて餌をあたえようとすると、一声長く鳴いて、フェンスから外側に飛び下りた。まるで夕陽に身を投げたように見えた。

その翌日、近所の人が、「おたくのクロが近くの空き地で死んでいる」と伝えてくれた。私の家で餌をやっていたので、うちの飼い猫だとおもったらしい。クロは自分の寿命を悟って、別れを告げに来たのだとおもった。野良でも「一飯」の恩を知っていたのであろう。死んだクロを丁重に葬りながら、あらゆる動物の中で猫が人間に最も近い位置にいるのは、犬のように目立った貢献はしないが、運命的な愛らしさを持っているからではないかとおもった。人間と犬は紐《リード》で結ばれているが、人間と猫は運命の糸によって結ばれているような気がする。

その証拠に、猫は犬のようにリードにつないで散歩に連れ出せない。目に見えない運命の糸によってつながれているので、紐が馴染《なじ》まないのである。

もりむら・せいいち
1933（昭和8）年、埼玉県生まれ。青山学院大学を卒業後、9年間のホテル勤務。退社後は東京スクール・オブ・ビジネス観光学課主任講師を務めながらも執筆。69年、ホテルマンの経験を活かして書き上げた初の本格的推理長編『高層の死角』（講談社）で第15回江戸川乱歩賞を受賞。本格的に作家活動を開始。73年『腐蝕の構造』（毎日新聞社）で第25回日本推理作家協会賞、『悪道』（講談社）で第45回吉川英治文学賞を受賞。76年の『人間の証明』（角川書店）は映画化されてベストセラーになった。15年で作家生活50年を迎え、これまでに約400冊の著作を世に送り出してきた。著書に『人間の剣』（中央公論新社）、『悪魔の飽食』（光文社）、『野性の証明』（角川書店）など。近著に『戦場の聖歌（カンタータ）』（光文社）、『悪道 五右衛門の復讐』（講談社）などがある。

少年少女の傍らに……

柄刀 一（作家）

『ネコの時間』という短編を書いた時、猫たちとの実際の体験をモデルに使わせてもらった。主人公である猫との出会いのシーンや、その多弁さの特徴など、それはまさに今うちにいる五匹めの猫のことである。

寒い季節になると布団に先に潜り込んで温めてくれていたというのも実際のエピソードで、ただしこれは、私の母親が少女時代に飼っていたタマというメス猫の行動である。茶トラ系というか、いかにも猫らしいルックスをした美猫だ。

母は、生まれも育ちも北海道。数十年前は、どこか温暖化の進んでいる今とは比べものにならないほど冬の寒さも厳しかったし、庶民の家の防寒対策や暖房器具などは粗末なもので、厳冬期の冷気は骨身に染みた。

『ネコの時間』を読んでくださったけれど猫のことをよくご存じない方は、〈寒い季節になると〉というのは嘘《うそ》でしょう？　と疑問を口になさる。いつの季節でもそうするか、たまたまか、そのどちらかだろうと思うらしい。その方の想像より、猫は、もっとデリケートで賢い（のもいる）。タマちゃんは、人間が温めた布団にご相伴したのではない、自分の相棒である少女のために、寒い時季には先に入って自分の体温を使ったのだ。

これほど心を打つ味方がいてくれる……。

少女の琴線は刺激され、種族を超えた手本によって、情操も生活の中で育まれるだろう。

母の弁では、タマちゃんは猫の中でも本当に賢いほうで、昔はほとんどの家庭で開けっ放しだった玄関から入って来る時、置かれている雑巾でちゃんと足を拭いていたようだ。人間の感情や言葉もよく理解していた。一人っ子であった女の子の姉妹であり親友として、話にジッと聞き入っては相づちを打ち、寄り添っては慰め、そしていつも可愛く笑わせてくれたタマ。温もりのある、密度の濃い時間を共に過ごした。

タマというのは、母の、生みの母親の名前で、母はその名を身近に呼び続けていたわけだ。

そんな少女もやがて女学生になり、そして嫁ぐ。

昔は多くのご家庭がそうだろうが、満足な嫁入り道具などほとんどない。母も身の回りの品をわずかばかり持って新居に移ったが、もちろん、タマちゃんは抱えていた。〈彼女〉がいれば何事も乗り越えられる。大事な大事な半身で、思い出であり、心の支えだ。

女学生からいきなり親元を離れての、まったく未知の新たな生活。心細さも埋めて、タマちゃんは若い夫婦の家で彩りになった。

そして母の体には長男が（つまり私が）宿る。

すると近所から、このような声が……。当時はこのように言われることは多かった。「赤ちゃんがいる家庭に動物はよくない」「猫は赤ちゃんに嫉妬する」「傷付けたりして動物の病気がうつるかもしれない」……。

そんな周囲の声を、タマちゃんは理解していたのではないか、と母は残念そうに言う。

長男が誕生する頃、タマちゃんは姿を消したのだ。少女時代から十年以上、片時も離れず一緒だった母の前から、そして一家の前から消えた……。

死期を覚《さと》った動物の本能かもしれない。亡骸《なきがら》を、相棒に見せないという意志か……。いずれにしろタマちゃんの、やるせないほどの、最後の気高いけなげさだ。

とにかくその時期に、タマちゃんは自ら永遠に消えたのだ。自分の役目は終えた、と言うかのように。

つかとう・はじめ
1959（昭和34）年、北海道・夕張生まれ。作家。北海道デザイナー専門学院卒業後、今で言うフリーターを続けながら投稿生活。鮎川哲也が編集長をつとめる公募短編アンソロジーへの何度かの採用を経て、『3000年の密室』（原書房／光文社文庫）で98年に長編デビュー。主に本格ジャンルの作品を手がける。著書に『システィーナ・スカル』（実業之日本社）、『密室キングダム』『ペガサスと一角獣薬局』『翼のある依頼人』（全て光文社）、『バミューダ海域の摩天楼』（講談社）、『密室の神話』（文藝春秋）等多数。若い世代のミステリー読者が少ないことを実感しつつ、全道高等学校文芸研究大会の外部講師なども務める。

プーコになったピョンコ

西木正明（作家）

むかしむかし、と言っても、そんなに古い話ではなく、せいぜい十七、八年ぐらい前のことです。わが家に、一匹の犬がいました。名前をピョンコというこのビーグル犬は、とても賢い美犬でした。

問題は、彼女が手に負えないわがままかつ激しい気性の持主だったことです。とりわけ若い頃は、飼い主のわたしにすら怒りの牙をむき、噛みつきました。

とはいえ、美人で誇り高い♀がわがままかつ激しい気性であるのは、犬にかぎったことではありません。わたしは満足して彼女と生活を共にしておりました。

そのピョンコが老いて寝たきり同様になった一九八〇年代末。わが家にもう一匹の犬が来ました。ラブラドル・リトリーバーのジャガーです。ラブラドルは盲導犬になるほど温厚な犬です。ジャガーはしきりに老いたピョンコの機嫌を取って仲良くなろうしました。しかしピョンコは、寝たきりの身でありながら、自らの四、五倍はあるジャガーが近づくと、鼻にしわを寄せてウーとうなり、時にはジャガーの鼻先を噛んだりしました。そのピョンコも最後は寛容になり、ジャガーのおだやかな眼差しに見守られて昇天したのです。

さて、時は流れて三年前の冬。突然わが家の庭先に、一匹の猫が現れました。生後半年前後と見受けられる漆黒の雌猫で、痩せた見すぼらしい風体でしたが、金色の大きな目は炯々《けいけい》と輝き、全体としてはとても凜として美しかったのです。

時は二月の厳寒期。哀れに思ったわが家の息子と娘が、段ボール箱を横だおしにして、床にタオルを敷き、入口には古新聞をカーテンがわりに張りつけて、玄関脇の軒下に置いてやりました。それが気に入ったのか、黒猫は夜になるとそこにもぐり込み、タオルの上で丸くなっていました。

こういう状態になってから約一週間後の夜九時すぎ、突然居間の窓の外で物音がしました。何事かと思ってカーテンを引き開けて驚きました。今しも窓の外側にある網戸が、じりじりと開きつつあるではありませんか。その向こうに、炯々と光る金色の目。息をのんで見守るわたしなどまるで無視して、自分の身体が通れる位に網戸を開けると、黒猫はわたしに向かってニャーと鳴きました。月光煌々の快晴ながら、寒さがひときわ厳しい夜でした。一瞬ためらった後、わたしはつい、ガラス窓を開けてし

まいました。すると黒猫は、当然のような顔をして、部屋の中に入ってきたのです。そしてそのまま、生まれた時からここにいたような顔をして、居ついてしまいました。ラブラドルのジャガーは、すでによわい十六歳になっていて、足元もおぼつかない状態でしたが、持前の親切心を丸出しにして、この黒猫と仲良くなろうとしました。

ところが黒猫は、自分の二十倍から三十倍もの巨大犬に対して、ファーッと威嚇の声をあげるばかりか、時には鼻に猫パンチをくらわせて、せっかくのジャガーの厚意を受け入れようとはしなかったのです。プーコの名前の由来についてですが、野良公は人間でいえばプータロー。そしてこの子は女の子だから、プーコ。わが家の犬猫の命名はいつもこうです。ピョンコとジャガーについては、恥ずかしくて言えません。プーコは美しい猫ですが、気が荒くて怒りっぽく、飼い主のわたしも、ひっかかれたり噛みつかれたりしました。そんな時はいつもある種の既視感にとらわれたものです。

さて、ジャガーもいよいよ老齢になり、一年半前からはついに寝たきりになりました。するとどうでしょう。あれほどジャガーに対してわがままだったプーコが、一転して優しくなり、まるで看病でもしているかのように付き添って見守るようになりました。ジャガーがついに息を引き取り、骨になって帰ってきた時は、骨壺のそばにしょんぼりとうずくまって動こうとしなかったのです。

それを見ていた誰かが言いました。

「あんなに気が荒かったあんたがねぇ。もしかしてあんたは、ピョンコなんじゃないの」

生きとし生けるもの、心を通わせて可愛がれば、いったんは去っても、また姿を変えて帰ってくる。そう思えば、別れの悲しみも癒され、犬の顔が猫に、猫の顔が犬に見えてくるから不思議です。

にしき・まさあき
1940（昭和15）年、秋田県生まれ。早稲田大学教育学部社会学科中退後、平凡出版（マガジンハウス）入社。『平凡パンチ』『週間平凡』『ポパイ』の編集部を経て、独立。88年『凍れる瞳』『端島の女』で直木賞、『夢幻の山旅』で新田次郎文学賞、『夢顔さんによろしく』で柴田錬三郎賞受賞受賞。著書に『其の逝く処を知らず』（集英社）、『水色の娼婦』（文藝春秋）ほか多数。訳書に『ゾルゲ引き裂かれたスパイ』（新潮社）などがある。

結婚祝いに子ネコを贈る

黒川鍾信（作家）

母方の先祖は、かなり前からネコと深く関わってきた。明治の早い時期からなので、もはや百三十年になる。だが、実際に関わったのは昭和十六年までの七十年間、私の祖父母の代までで、その後の子孫たちは、家ネコをただ「猫かわいがり」しているだけの関わりである。

先祖は、日本で最も早くに東京のど真ん中で牛を飼い、乳を搾って売る牛乳屋を始めた。大げさな言葉をつかうと、乳業先駆者のひとりである。

この仕事をする人たちにとって、ネコは大事な〝従業員〟だった。これは日本だけのことではない。「乳文化圏」といわれる、動物の乳を中心に食生活が営まれてきた北ヨーロッパなどでも、かつてファームで大事にされていたのはネズミを退治する農場ネコであった。

農場ネコは、家ネコとは異なる生活をしていた。自足して生きてゆかなければならないからだ。それでも野生化したネコや飼い主のいない野良ネコよりはマシな環境にあった。なぜなら、夜の食餌はネズミで賄《まかな》うにしても、日中は牛乳や残飯などが与えられ、たまに牧童から頭のひとつもなぜてもらえるからだ。

農場、特に牛舎にはネズミが多かった。穀物はある。隠れるところがいっぱいある。夏は涼しく、冬は牛の体温で室内は温かい。ネズミにとって牛舎は、食住つきの安住の地だった。彼らは旺盛な繁殖力で子孫を増やし、集団で貯蔵穀物を食い荒らすだけでなく、病原体をばらまいた。

ネズミ退治に牧場主はネコを放した。彼らはネズミ捕りの名人で、一夜に何匹も捕えるからだ。そのうちにネコがいるだけでネズミが姿を消すようになり、ヒマになったネコたちは牧場の子供たちと遊ぶようになった。

私の祖父は、維新で仕事と俸給を失い牛乳屋になった男の三代目。物心ついたときから牛舎でネコと戯れ、ネコに囲まれ大人になった。獣医学校出なのに牛や馬が怖いと震えたり牛の出産の血を見て卒倒したりするような、なさけない男だったが、そんじょそこらのネコ好きとは比べられないほどネコが好きだった――外出から戻るときには、遠くから大声で愛猫の名前を呼びながら走ってくる。ネコが書いた本だと喜んで、『吾輩ハ猫デアル』を買い、冒頭に「時々書生が我々を捕らえて煮て食う」とあるのを読み、ワーワー泣き出す。あるときなどは、農家の庭先で見かけた子ネコがどうしてもほしくなり、しぶる相手に商売道具の子牛と交換しようと申し出たほどである。

彼のネコ好きは長ずるにつれエスカレートした。そのうちに、親戚や知人に結婚する人がいると、彼は子ネコを探すようになった。子ネコが見つかると羽織袴に着替え、結婚する人の家を訪ね、

「このたびの祝言《しゅうげん》おめでとう。ささやかな品ですがこれをお受け取りください」

と言いながら、懐から子ネコと祝い金を出すのだった。

当時は、横丁の長屋で新婚生活を始める人でもネコの一匹くらいは気楽に飼えた。出かけるときには、「トラに晩メシやっといておくれ」と隣人にひと声かければ、「あいよ、行ってきな」ですんだ。こんな按配《あんばい》だから、結婚祝いに子ネコをもらっても飼育のことで悩む必要はなかった。また、ネコのほうも三軒先の米屋ではタマと呼ばれ、離れのご隠居さんにはチビと呼ばれ、あちらこちらに主人とネグラを持って自由に生きていた。すべてがノンビリの時代だった。

祖父はなぜ新婚家庭に子ネコを贈ったのだろう。そのわけを考えたことが何度かある。彼は獣医の資格を持っていたが、動物病院を開業していたという事実はない。したがって〝患者さん〟を増やすためではない。それに明治、大正、昭和の初期にイヌやネコが病気になった、怪我をしたと獣医にかける人はまずいなかった。その頃の獣医の主な仕事は、産業動物といわれる牛・馬・豚などの病気を診断・治療することで、イヌやネコなどの小動物を扱える人はいなかった。

*総領《そうりょう》の甚六《じんろく》で育った祖父には、たとえば自分の口にあった食べものは人に薦め、賞味させて喜ぶクセがあったと聞く。それから判断すると、ネコ好きが高じ、「かわいいヨ」と他人に飼育を押しつけたのかもしれない。あるいは、ペストなどの疫病を媒介するネズミ退治にと思ってのことかもしれない。

しかし、いずれの推測も説得力がない。そこで、この一文を書くのを機に、近所に住む叔母に訊いてみた。彼女は八十九歳になるがまだ記憶力は確かである。

「ああ、あれネ。子ネコを贈るときに、偉そうに口上を述べるのよ。『若い夫婦が最初に学ばなければならないことは、いと小さきものへ愛情をそそぐことです。そのことを練習するためにネコを贈ります』って…自分はお茶屋遊びばかりしているのに」と言って、懐かしそうに笑った。

彼女のひざの上では、息子が川崎のスナックのママから、「今夜のお勘定はいらないから」と持たされた子ネコが大きくなって、ネズミを捕ることも忘れぐっすり眠っていた。

＊長男は大事に育てられているので、世間知らずである意味。（編集部）

くろかわ・あつのぶ
1938（昭和13）年、東京生まれ。作家・元明治大学教授。明治学院大学大学院文学部英文科修士課程修了後、カリフォルニア大学ロサンゼルス校（UCLA）とイギリスへ留学。『神楽坂ホン書き旅館』（NHK出版）で第51回日本エッセイスト・クラブ賞受賞。著書に『東京牛乳物語』（新潮社）、『高等遊民 天明愛吉—藤村を師と仰ぎ 御舟を友として』（筑摩書房）、『旅に出よう 船で』（講談社）、『木暮実千代—知られざるその素顔』（NHK出版）、『神楽坂の親分猫』（講談社）、『海辺の家族—魚屋三代記』（みやび出版）など多数。

あの世から帰ってきた猫

横尾忠則（美術家）

わが家にバーゴとミンネという親子のキジ猫がいたが三年ほど前にほとんど同時に死んでしまった。二匹はまるで一卵性双生児のように似ているだけではなく、いつもくっついて離れなかった。

バーゴが母親でミンネが五匹の兄妹猫の一匹だった。他の四匹の猫は交通事故で死んだり、兄弟同志で追い出してしまったり、ゆくえ不明になったり、病死したりしてわりかし早く死んでしまった。

親子といっても一歳違いなのでまあ同世代ということになろうか。この親子が死んでから一ヶ月もたたない或る日、ぼくが外出から帰って来たら、玄関の土間から猫の強烈なおしっこの臭いが立ち込めていた。バーゴは雨の日など、時々外出を拒んで玄関の土間で用を足すことがあったので、すぐ彼女の仕業だとわかった。

だけどこの強烈なバーゴの臭いは僕だけに感じるもので妻には匂わないらしい。すでに死んでいる猫がおしっこなどするはずがない、というような顔を妻がしている。

その二日後、今度は朝ぼくが目を覚ますと、部屋中いっぱいに、いつも食べていたキャットフードの匂いが充満しているではないか。彼女たちの死と同時にキャットフードは全て処分しているのでわが家には一缶も残っていない。二匹は朝になると台所でいつもキャットフードの缶詰を開けてもらうのを待っていた。だけどまたしても妻にはこのキャットフードの匂いがしないのである。

姿こそ見えないが彼女達は匂いを伴ってわが家に戻ってきたのである。ぼくは動物の死後生について描いた二冊の翻訳本を手に入れて読んだ。ぼくのような経験をした人は外国にも沢山いることがわかって、ぼくは安心した。

人間も動物も死んだら同じようにそれぞれの霊界に行く。そしていつの日か飼い主がやってくるのを向こうで待っているという。ただしお互いに強い愛情で結ばれていた場合に限るらしい。だからペットが死んでも決して悲しむことはないのである。

だからぼくなぞは死んだらバーゴとミンネに会えるかと思うと、どうしても新しい猫を飼う気になれない。今までだったら裏の庭によく他所《よそ》の猫が遊びに来ていたが、二匹がいなくなってからというもの全く猫の姿を見なくなってしまった。

ところが三ヶ月ほど前ふと片目をケガした一匹の野良猫がやってきた。野良猫だから警戒心が強い。いつも野鳥にやっているパン屑を野良にやるとがっついて食べた。三日後には裏の勝手口から家の中に入ってきた。空腹のときなどは台所にいる妻の足首を噛んだりしてエサを催促し始めた。

そんな野良猫が今ではちゃんと家の猫になりすましている。わが家に居座るようになってからは日に日にお腹が大きくなるので、きっと妊娠しているに違いないと思い、知人などに声を掛けて里親探しを始めた。ところがお腹が大きくなってきたのはどうやらご飯の食べ過ぎらしい。お腹だけでなく顔も含めて全体的に大きくなってきたのである。

正式な名前はまだない。妊娠していると思ったので、「タマゴ」という名をつけたが、もし単に肥っているだけだったら別の名前をつけなければならないだろう。そのタマゴが時々誰もいない空間に向かって「ウーッ」なんて唸っていることがある。もしやタマゴにはバーゴとミンネの姿が見えるのかも知れない。家の中に別の猫がいることを知ったバーゴとミンネは、この新参者を追い返すのか、それとも受け入れるのか、さあどっちだろう。以前やはり野良が入ってきた時は許したので、今回もきっと許すに違いない。

よこお・ただのり
1936（昭和11）年、兵庫県生まれ。美術家、グラフィックデザイナー。72年にニューヨーク近代美術館で個展。その後もパリ、ベネチア、サンパウロなど世界各国のビエンナーレに出品するなど国際的に活躍。06年パリのカルティエ現代美術財団での個展を開催し国際的に高い評価を得た。12年には神戸市灘区に横尾忠則現代美術館、13年には瀬戸内国際芸術祭の一環として豊島横尾館が開館。国内外での旺盛な活動は常に時代に大きな影響を与え続けている。08年初の小説『ぶるうらんど』（文藝春秋）にて泉鏡花文学賞受賞。15年高松宮殿下記念世界文化賞（絵画部門）受賞。近著に『横尾忠則の地底旅行』（国書刊行会）、『ぼくなりの遊び方、行き方：横尾忠則自伝』（ちくま文庫）、『全Y字路』（岩波書店）、『言葉を戯れる』（青土社）などがある。
オフィシャルHP（http://www.tadanoriyokoo.com）

お花のいる家

平岩弓枝（小説家・脚本家）

神社では毎年十二月三十日に大祓《おおはらい》の祭事を行う。人の形に切った紙に姓名と年齢を書き、息を吹きかけて自分の体を祓い、それを神社へ持って行って一年の罪けがれを祓ってもらって、清々しい気持で新しい年を迎えるという昔からの行事で、我が家は神職なので勿論、家族全員が欠かさず行っている。その形代《かたしろ》と呼ぶ紙の一枚に、平岩花子と書いたのが加わるようになって十年余にもなる。つまり花子が我が家に来てからそれだけの歳月が過ぎたわけで、花子の年齢を十歳と書きながら、私は少々、感無量であった。花子の本当の年齢は多分、それより二、三歳は上に違いない。実年齢がわからないのは花子が我が家で生まれた猫ではない故である。

あれは我が家の九月二十三日の大祭が終って一週間か十日ぐらい後の、もう朝夕は半袖でいると肌寒いような気配を感じる頃であった。外出から帰って来ると裏口の木戸の前に仔猫がすわっていた。白毛のところどころに虎縞と豹《ひょう》柄模様が大きな斑点のように広がって居《お》り、これは後で気がついたのだが、尻尾の裏側の部分だけが何故か茶色という、誰がみても雑種中の雑種の見本みたいな日本猫で、ひどく痩せこけ、体を縮めて慄《ふる》えながら、それでも私の顔をしっかり見上げて小さな声で啼《な》いた。その頃、我が家には太郎というシェパード犬がいた。図体は大きいし、知らない人には猛然と吠えるので怖し気に見えたかも知れないが、気の優しい、律気者であった。我が家は境内地の片すみにあるので地形状、崖の上で、古くからの欅《けやき》の大樹などを伐《き》らないようにをつけて建てたので、庭とはいえない代物ながら家の周囲に雑木の繁った空間がある。で、太郎は朝夕の散歩の他も犬舎につながず、庭内で勝手に暮していた。そこへ猫を飼うのは具合が悪かろうと考えながら仔猫が哀れで、残り物の鯵《あじ》の干物を焼いてむしってやると骨から頭からなんにも残さずに長い時間かかって平げた。そこへ主人が帰って来て野良猫に食物をやると居つくぞといいかけた時、大きなねずみが悠々と台所口の前を通り過ぎかけた。実をいうと我が家はこの年、ねずみの跳梁《ちょうりょう》になやまされていた。天井裏を走り廻り、ありとあらゆるものを噛んだり食い散らしたりする。うっかり野菜などを台所の篭に入れたままにしておくと翌朝は惨憺《さんたん》たる有様になった。その傍若無人のねずみが白昼堂々、姿を現わし怖れ気もなく我々の前を横切ろうとした瞬間、仔猫がとびかかった。ただの一噛みでねずみがひっくり返って御陀仏になったのをみて、主人が宗旨替えをした。かわいそうだから飼ってやろう。名前は犬が太郎だから猫は花子と単純に決ってから、たまたまやって来た娘がそれなら動物のお医者さんへ連れて行き、悪い病気にかかっていないか、予防注射も必要だしということで早速、娘の車で連れて行き、平素、太郎がお世話になっている若先生に、牝《めす》だから避妊も必要なぞと話をしている所へ、大先生が出ていらして弓枝さん、また捨猫飼うのかい、とお花の口をあけ、それからひっくり返して診てから、何が仔猫なものか大年増だ。随分、前にちゃんと避妊手術もしているよ、と笑われた。おかげでお花は二度、お腹を切られることもなく、シャンプーにブラッシングなどすっかり美猫になって我が家へ帰って来た。同時に生まれながらの野良ではないと判明もした。けれども、前の飼主さんがどちらの方なのか、その当時の名前はなんと呼ばれていたのか一切がわからないままに花子と名付けられて新しい生活がスタートした。花子は飼主に厄介をかけない猫である。最近は老いて来て嗜好《しこう》が変り、それまで飲まなかった牛乳が大好きになり、バターを溶かしたのを猫缶の餌にかけてもらうのが習慣になってしまったが、最初はなんでも食べた。飼主の食べているもので自分が今まで口にしたことのないものを発見すると食べさせてもらえるまでニャアニャアと煩《うるさ》い。その代り、試食して駄目と知ると二度とは啼かない。トイレの失敗もしないし、膝の上で爆睡しているのを、それではいつまでも仕事が出来ないからと、そっと彼女の寝場所に移しても、薄目を開けて眺めただけでそのまま、眠ってくれる。

花子が家族になって十年余、花子も老いたが、飼主も老いた。老いた夫婦の間には年々、会話が激減している。それを花子が救ってくれているのに最近、気づいた。

老夫婦の間に取りかわされる言葉は、今夜のおかず、何が食べたいか、とか、明日はどこそこへ行くから、夜の食事は要らない、などがせいぜいである。女房が何を話しても右の耳から左の耳へ通り抜ける亭主が花子の話になると柔和な顔になってふんふんと相槌を打つ。花子大明神のご利益という所か。

ひらいわ・ゆみえ
1932（昭和7）年、東京都生まれ。小説家、脚本家。日本女子大学国文科卒業後、戸川幸夫に指事。その後長谷川伸主宰の新鷹会に入会。59年には『鏨師』で直木賞受賞。74年に発表した『御宿かわせみ』は、30年以上にわたるベストセラーシリーズとなり、『はやぶさ新八』シリーズなど、多くの時代小説、小説、随筆を発表。『花影の花』で吉川英治文学賞受賞、その他、日本文芸大賞、菊池寛賞、毎日芸術賞を受賞。『ありがとう』など数々のテレビドラマや演劇の原作・脚本も手掛け、NHK放送文化賞、菊田一夫演劇賞大賞を受賞している。97年、紫綬褒章受章。近著に『ベトナムの桜』（毎日新聞出版）がある。

私の守り猫たち

熊井明子（エッセイスト）

黒トラ牡猫のマロンが逝ってから、長い歳月が流れた。今も机に向かって書いていると、ありし日の彼がよく原稿用紙やノートのうえに身を横たえて邪魔したことを思い出して、せつなくなる。あの邪魔は、ちょっと頭を冷やすのに最適のタイミングだったし、疲れた指先は毛皮にふれて癒され、ゴロゴロと喉を鳴らす音は最高のＢＧＭだった。目をみつめていると、思いがけないアイディアがわいたりもした。

そう、あれは邪魔どころか、マロン流の手伝い《ヘルプ》だった、と気づいたのは、彼を失ったあとである。マロンに助けられて、私は何冊も本をかくことができたのだ。それだけではない。三十三歳から四十九歳までの大変だった日々、常に本心を語り、素顔も泣き顔も無防備に見せることができた相手。私をあるがままに受け入れてくれた唯一無二の心の友だった。

マロン亡きあと、私は思いに沈んでばかりいた。ふと開いたノートの余白にマロンの寝顔のスケッチや、手の先をなぞったあと、そして戯書きをみつけるたびに涙を流した。

マロンのつめたい鼻先と
あったかい舌
つめたい蹠《あなうら》と
あったかいおなか
つめたい眼と
あったかいハート
それから 耳は
いつもはつめたくて
ねむたくなると
あったかくなる

こうしたふれあいは二度とできないと思うと、ただもう悲しかった。

数ヵ月後に、不思議なことが起った。マロンは、いなくなったのではなく「今もいる」と感じる瞬間があったのだ。彼が、この世では不可能な方法で、私を守っている、ということが、光が射しこむように明らかにわかった。

ちょうどその頃から、私はシェイクスピア作品の香りについて書くことをライフワークに決めて、模索していた。その方向づけや内容に関して、多くの幸運な偶然があり、『シェイクスピアの香り』をまとめることができたのは、マロンの〝守り〟が働いたからでもあった。

マロンは時々夢に現われたが、何回目かの出会いのとき、違う毛並みの猫になっていた。その猫がマロンだということは、はっきりわかった。それはマロンの内の〝永遠に猫なるもの〟が、さまざまな猫を通じて私に会いにくるというメッセージだったのだ。それまで他の猫への思いを禁じていた私だったが、そのときからlet it beという心境になった。

それからは縁側にミルクのお皿を置いて、ノラ猫たちに親しむようになった。マロンもノラ出身だったことなどを思い出しながら――。

常連となった猫のなかに、仔猫を産むたびに引きつれてくるやさしい性格の牝猫がいた。仔猫たちの中には、愛らしい猫柳の穂のようなのや、昔愛した赤トラ猫を思わせる仔もいたが、あまり情を移さないようにした。夫が二度と猫は飼わない、と宣言していたから。

しかし、その中の一匹が、次第に私の心をとらえるようになった。そっと部屋に入れ膝にのせると、ぬくもりが、じわっと伝わってきて嬉しかった。珍しいグレーと白の毛なみだったのでグレコと名づけた。おっとりした猫だった。

私はマロンの霊に語りかけつつ、グレコにも話しかけた。初めて手がける小説『シェイクスピアの妻』をめぐる迷いや、日頃の人間関係の悩みを訴え、助けを求めた。彼はパンこね運動とゴロゴロ喉を鳴らす音で「諒解」と答えた。

グレコが夏の或る朝、テラスで硬くなっているのを見たときの気持ちは言葉にあらわせない。不審な急死だった。近所の建築現場で事故にあったのが原因だったかもしれない。つかの間のふれあいに涙ながらに感謝し、マロンの横に埋めた。まるで彼が持ち去ったかのように、私の悩みは解決し、やがて小説も完成した。

思えば猫はいつも私を助け、守ってくれる存在だった。ニャン、ポポ、マイマイ、マロン、そしてグレコ。今では皆、いつでも私のそばにいる…。

くまい・あきこ
1940（昭和15）年、長野県松本市生まれ。信州大学教育学部（松本分校）終了。映画監督熊井啓と結婚。ポプリ・ハーブの研究、シェイクスピア研究などで多数の著作を出版。99年、山本安英賞受賞。著書に『猫と見る夢』（くんぷる）、『シェイクスピアの妻』『夢のかけら』『めぐりあい　映画に生きた熊井啓との46年』『香りの力：心のアロマテラピー』（全て春秋社）、『シェイクスピアの香り』（東京書籍）、『猫の文学散歩』（朝日新聞社）、『「赤毛のアン」の人生ノート』（岩波現代文庫）、『ポプリテラピー』（河出書房新社）、『いつも私の猫がいる』（千早書房）などがある。

猫を救う幸せ

林 真理子（作家）

ない。

「不幸だった猫ほど、幸せになった時にいばる」

という文章をどこかで読んだことがあるが、猫好きにとってこれほど嬉しいことはない。

今まで何度も捨て猫を拾った。お定まりどおり子どもの頃は、家で飼えないと言われ、猫を抱いてさまよったことがある。早く大人になり、好きなように猫を飼いたいと思ったものだ。

最後に猫を拾ったのは四年前のことで、山梨の実家の近くでのことである。ゴミ捨て場のところで鳴いていた、信じられないほど痩せた猫だ。さすがに母親は、猫を抱いてきた私に対し、「すぐに捨ててこい」とは言わなくなった。もはや幼い子どもではない。口も達者で実行力のある中年の娘は、

「絶対に飼い主を見つけるから、しばらくめんどうを見てくれ」

と迫ったのである。といっても何をするわけでもなく、親の「情が移る」ことを祈り、さっさと東京に戻ってきた。仕方なく母親は、地方新聞の投書欄に

「猫はいりませんか」

というハガキを書いたらしい。しかし返事は一通も来なかった。ふつうここで諦めるところであるが、母は一計をめぐらした。その投書欄は短かいエッセイも受けつけていたが、

「長年可愛がっていた猫が死んで淋しい」

という女性の一文に母は目をとめたのである。そして狙いを定めて、この女性に手紙を書いたのだ。

「真白な可愛い猫を拾いました。これも何かの縁と思い、貰ってくれませんか」

何通かの手紙のやりとりがあり、その女性は猫を引き取りに来た。母の話によると、思っていたよりも若い、てきぱきとした感じの女性だったという。向こうは向こうで母を見て、電話の声は若かったが、こんなに年とっていたとはと驚いたらしい。

「これでは猫を飼うのは無理ですよね」

と変な同情をされたという。

その女性は親切な人で、何度か手紙をくれた。中には写真が入っていて、まるで別

の猫かと思うほど、丸々と太ったあの捨て猫が寝そべっている。毛並みも良くなり、白い毛と青い目というなかなかの器量よしではないか。

「ユリちゃんは、今やわが家の女王さまです」

と書いてあり、私は心の中で万歳と叫んだ。ユリちゃんというのが、白猫の新しい名前らしい。今やなくてはならない存在になったと手紙は結んでいる。

こんな世の中、人をひとり幸せにするのは本当にむずかしい。自分の無力さを思い知ることはしょっちゅうだ。けれども猫を一匹、幸せにするのは本当に簡単である。ハリガネ細工のように痩せ、地獄の淵をさまよっていたような猫が、ミルクとあたた

かい人間の膝とでいくらでも幸せになれる。そして急に態度が太々しくなり、昔からこうしていたのだといわんばかりに我儘をいう、甘える、ねだる。そのさまを見ていると、こちらまで本当に幸せになる。命をひとつ救い、幸せにしたのだという充実感は、めったに得られるものではない。

今まで都心のマンションに住んでいたのであるが、二年前に静かな住宅地に引越した。野良猫がとても多く、スーパーの帰りにウインナを投げたりと「猫おばさん」を再開している。昨日、駅に行く途中、久しぶりで懐かしい声を聞いた。捨てられた幼い猫の鳴き声だ。私は家と家との間の原っぱを探した。けれども何もいない。私はもう一度耳を澄ます。こんな時の私は

「猫一匹ぐらい幸せにしてみせる」

という、気概と自信に溢れているはずだ。人は自分のために猫を救うのである。

はやし・まりこ
1954（昭和29）年、山梨県生まれ。日本大学芸術学部文芸家卒業。83年エッセイ集『ルンルンを買っておうちに帰ろう』（主婦の友社）がベストセラーに。86年『最終便に間に合えば』『京都まで』（文藝春秋）の二作品で第94回直木賞受賞。小説、エッセイをはじめ多方面で活躍中。現在、直木賞の選考委員のほか、講談社エッセイ賞、吉川英治文学賞、中央公論文芸賞、毎日出版文化賞選考委員を務めている。近著に『マイストーリー 私の物語』（朝日新聞出版）、『美女千里を走る』（マガジンハウス）、『中島ハルコの恋愛相談室』（文藝春秋）などがある。

ゲバ猫と「裸のサル」

小松左京（作家）

私の家には、四歳の時から猫がいて、結婚してからも六畳一間のアパート住まい時代から迷い猫を飼い続けてきたから、ずいぶん変な猫にであった。

野菜ばかり食べて、魚には見向きもしない猫がいた。台所でパリパリと音がするのでなんだろうと見に行ったら、女房がパックに使ったキュウリのヘタを食べていたり、近所の八百屋の前を通ったら、「コラッ！」と怒鳴られ茄子を咥《くわ》えながら逃げていたのが我が家の猫で、赤面するほど恥ずかしい思いをした。

中でも喧嘩っぱやくて手を焼いたのが、チャオである。

もらわれて来たときは、細いガニ股の脚でヨタヨタと歩いている二カ月くらいのチビ猫だったが、その時からやたらにかみつく気の強い河内《かわち》の猫だった。それから二、三カ月もすると、外からずたずたボロボロになって、血を流しながら帰ってくるようになった。相手は近所にいるボス猫で、でっぷり太った三歳くらいの雄。チビ猫を相手にするはずはなく、チャオの方がくってかかっていたのだろう。女房に傷の手当てをしてもらっては、二、三日おきに「ごろまき」に出かけていた。

この猫は、猫だけでなく、気に入らないお客にもかみつくというバカ猫で、原稿を取りに来た編集者を玄関でうなって追い払う、というのはまだしも、よりによって現金書留をもってきてくれた郵便屋さんの脛《すね》をかじるという、とんでもないことまでした。

我が家の歴代の猫は必ず餌をくれる女房を一番尊敬し、次が次男、長男。私は、夜中に外に出るときドアを開けさすドアマンくらいにしか認められていない。

我が家に来て最初の夏、書斎で夜中に原稿を書いていると、いつものようにチャオが外に出せといってきた。私は原稿の手を止めて戸を開けてやったが、外に敵の気配でもあるのか、なかなか外に出て行かない。蚊が入るからと、足で外に押し出そうとすると、いきなり私のむき出しの脛にがぶりとかみついた。ギャアとわめいて足をふってふりはなし、拳固で殴ろうとすると、その腕にパッと飛びついて前足で抱え込み、牙《きば》をキリキリと食い込ませる。床にがつんとたたきつけたが、ひるむどころか、何度も襲ってくるのである。ジャングルで猛獣と戦うターザンならぬ体重八十五キロのおっさんが、体重数キロの子猫を相手に、ドッタンバッタン大立ち回りをやらかし、女房が何事かと駆けつけたときには、身体中十八カ所からダラダラと血を流し、目は血走り、座布団を楯《たて》に、スリッパを持って「殺してやる！」と叫んでいたらしい。夏の事とて、シャツにパンツ姿の「裸のサル」が、小なりといえども鋭い牙と爪をもった獣に本気で襲われたときには、何とも無防備きわまりない。周りにあるもので武器になりそうなものを持って、死にものぐるいで立ち向かったものと見える。

落ち着いてみれば、その我が身の姿の滑稽さにあきれるが、あの時の無我夢中のふるまいから、動物の闘争本能について、考えさせられた。人間が森から草原に出て二足歩行するようになり、猛獣に襲われる危機に直面し、思わず手にした木の枝や動物の骨などで獣を追い散らし、打ち負かすことが出来たとき、人間は牙や爪に変わる「武器」を持つことの偉大さを実感したことだろう。その後の人間の闘争の歴史は、「武器」という道具の進化の歴史と重なる。

ゲバ猫はその後も自前の武器でズタボロになりながら喧嘩を繰り返し、前脚の爪が抜け、頭の毛がハゲ、後ろ脚の傷が化膿してカサブタだらけになっても、あたりかまわず唸《うな》り声を上げて「ごろまき」をやめず、結局十年以上も生きたのだから、たいしたものである。

こまつ・さきょう
1931（昭和6）年～2011（平成23）年。作家。大阪府生まれ。京都大学でイタリア文学専攻。父親の会社の工場長やラジオのニュース漫才台本書きなどを経て、『地には平和を』が第一回SFコンテスト選外努力賞受賞したことを契機にSF作家となる。73年発表の『日本沈没』は累計約500万部の空前のベストセラーとなり、当時日本中が「沈没」ブームに。日本万博EXPO70や花博EXPO90など、プロデューサーとしても活躍。『未来の思想　文明の進化と人類』（中公新書）、『歴史と文明の旅』（文芸春秋）、『日本アパッチ族』（光文社）、『果しなき流れの果に』『復活の日』（いずれも早川書房）、『虚無回廊』（徳間書店）等著書多数。

漱石夫人と猫

半藤末利子（エッセイスト）

毎朝雨戸を繰るが早いか、ニャンと鳴いて家に飛び込んでくるノラ公をモデルにして、百年以上前に書いた小説『吾輩ハ猫デアル』で夏目漱石は一躍文名を馳《は》せた。祖母鏡子（漱石夫人）に言わせれば、そやつは端《はな》から図々しかったそうな。それで鏡子ははじめの頃は追い出したり物差しでピシャリとひっぱたいたりと虐待を繰り返していた。が、ある日肩凝り性の鏡子の治療に来るあんま師が、そやつを膝に抱き上げ念入りに調べあげた揚句に、「奥様、この猫は爪の先まで黒うございますから福猫でございますよ。お飼いになるとお家が繁盛いたします」と宣《のたも》うた。福猫と聞くや鏡子は掌《てのひら》を返したようにそやつに好待遇を与えた。たとえば随筆にあるように鰹節《かつおぶし》をふりかけた御飯に昇格したようである。そやつ初代は明治四十一年に名もなきまま逝ったが、以後大正五年に漱石が亡くなるまで、代々四匹の猫が飼い継がれた。

漱石没後も鏡子は柳の下の泥鰌《どじょう》を狙って、只管《ひたすら》猫を飼い続けた。私が鏡子の家を訪れるようになった頃（昭和十年代中頃）には、常時四・五匹の猫が縁側や座敷にたむろしていたが、いずれも神秘性や高級感など皆無の薄汚く品のない日本猫であった。何せ初代が爪の先まで真黒であったがために福を招き寄せた、と鏡子は堅く信じていたから、これらのニャン公もつめは先まで黒かったのかもしれない。だが毛色は黒（一匹は必ずいた）のみならず茶虎あり三毛あり白黒ありと多様であった。その頃にはまだ独身であった叔母達・叔父達がいたのだが、邪険に扱わないまでも鏡子を初めとする夏目家の人々が猫を愛撫する様を見たことがない。皆およそ無関心で、名すら呼んだことがなかったから、あの複数のニャン公共も名無しであったのかしら。

それでも鏡子があたっている行火《あんか》にかけられた彩りも華やかな縮緬《ちりめん》の布団の上に猫が丸まって寝ていたりすると、それは妙にしっくりと合っていて、子供心にもどこか懐かしい風景か絵画に出会ったような心地よい安らぎに包まれるのであった。

名をつけてもらえなかろうと、猫っ可愛がりされなかろうと何のその、初代同様図々しかったのか、夜寒の季節ともなればニャン公共は遠慮会釈なく家族の誰かの膝の上に鎮座ましましていた。

朝寝坊のために鏡子は遅い朝食を摂るのだが、火鉢の脇に座ってパンとサラダと紅茶が運ばれてくるのを待つのが常であった。（夏はどうだったかは覚えていない）すると決まってのことどこからか這《は》い出してきて鏡子の膝の上にちゃっかりと陣取って待機する奴《やつ》がいる。火鉢の五徳の上に置かれた餅《もち》あみの上で裏表こんがりと狐色《きつねいろ》に焼かれたパンに鏡子がバターを塗り始めると、そいつは身を起こし前脚を伸ばしてパンを取ろうとする。と、本当はバターの香りに誘われてパンを欲しいとせがむ猫の気持ちを察せずに、「今やるよ」と一喝して頭をパチンとぶっ叩《たた》いてから、鏡子はおもむろにバターのついていないパンの耳をちぎってそいつに与えるのである。少し不満げながら、そいつはパンの耳を貪《むさぼ》り食べていた。昭和二十年代の後半であったと思うが、人間同様その頃の猫はさすが戦後の食糧難に耐えてきただけあって、現代の飽食の時代の猫のように餌の選《え》り好みなどしなかったのである。

もう一匹印象に残るおかしな猫がいた。一時鏡子の家に住まわせて貰っていた私の長兄が、酔っ払って帰宅する折、畑の中にあわれ気に鳴く小猫を見つけた。無視して通り過ぎようとしても足にまとわりついて離れない。無類の動物好きであった兄はたまりかねて、遂に抱き上げ、鏡子の許しも得ずにその子を家に持ち帰った。翌朝台所の籠《かご》の中のキャベツや胡瓜《きゅうり》が齧《かじ》られている。次の夜もその次の夜も同じことが続いた。「あら、猫を飼っているのにどうして？」と皆はてっきり鼠《ねずみ》の仕業だと思い込んでいたが、ある夜お手伝いさんがそっと台所を覗いてみると、何とまあ野菜をバリバリ齧っていた真犯人は夏目家の猫共に仲間入りしたこの新入りであったとか。長兄によれば、長らく畑の中で暮らしていたので野菜が大好物となった、ということである。

なぜ、代々一匹ずつ飼われていた猫がいつの間にか複数になってしまったのか。きっと何代目かを調達する際に、雌の子猫がもらわれてくるという手違いが生じたのであろう。その上に雌猫が子を生むたびに、まだ目も開かない子猫達を、鏡子は一匹ずつひっくり返して「これは牡《おす》だ」と即座に決めつけ、残しておくようにと命じるのだそうである。ところが牡猫の筈が年頃になると腹を膨らませ、鏡子の目が節穴であるのを嗤《わら》うかの如《ごと》くにポコポコと子を生んでしまう。鏡子と最後まで暮らした栄子叔母は「お祖母ちゃまって全然わかってないのよ。だのにそのまま飼うように命令するから増えて困っちゃうわ」とぼやいていた。何もしない鏡子に代わって一切の世話をせねばならぬのは栄子であったのだから。

こうして数こそ増えたものの、鏡子が亡くなるまで柳の下の泥鰌は遂に見つからなかったようである。それを思えば、初代は何という傑物であったことか、と改めて感心させられるのである。

はんどう・まりこ

1935（昭和10）年、作家松岡譲と夏目漱石の長女・筆子の四女として東京に生まれる。上智大卒。夫君は作家半藤一利氏。著書に『夏目家の糠みそ』『漱石夫人は占い好き』『老後に乾杯！』（PHP研究所）、『夏目家の福猫』（新潮文庫）、『漱石の長襦袢』（文藝春秋）など。近著に『老後に快走！』（PHP研究所）がある。

漱石の家の猫

車谷長吉（作家）

私は犬が嫌いである。恐れて来た。子供の頃に野良犬に咬《か》まれたり、飼い犬に咬まれたりした。そのたびごとに狂犬病にならないように、と言われて予防注射をされた。猫には咬まれたことがない。私方では猫は飼うていなかったが、たびたび干し魚を取られたり、飼育していた小鳥や鯉を喰われてしまったり。母の里が同じ村の中にあったので、そこでよく飼い猫が、鼠を口にくわえているのを見た。そして庭で食べていた。あまりよい気持ちはしなかった。

勿論、人間だって他の動物を殺して喰うているのである。魚介類や、庭鳥や、豚や、牛を。私は牛はなるべく喰わないようにしているが、数年に一度ぐらい、喰わざるを得ない時がある。自分より目上の人に誘われるのである。目上の人は、私が喜ぶと信じているのである。困ったことだが、断れない場合が多い。牛を直接殺すことを職業にしている人は、まだ罪が軽いが、他人に殺させておいて喰う人は、より罪が重い。

私方は、明治時代に夏目漱石が住んでいた家に近い。だから私の家の近所に棲《す》んでいる猫の、半分近くの野良猫は、夏目家の猫の末裔《まつえい》だと言われている。漱石には『吾輩は猫である』という長編小説がある。人間の愚かさを、猫の目から見ているのである。この猫は最後は井戸に落ちて死んでしまうのであるが。小説の中には、そう書いてあるが、現実には長生きをして、牛込に猫の墓があるのだそうだ。私は見たことがないが。世の中には有名人の住んでいた家などを見に行くのを、楽しみにしている人がいる。さほどお金が掛からないから、である。

私方を見に来る人もいる。「あッ。ここだ、ここだ。ここがあの阿呆《あほう》の車谷長吉の家だ。あばら屋だ。ぼろ屋だッ。」という声が聞こえる。立派な精神の持ち主である。つまり愚民である。私は自分でも自分を阿呆だと思うているので、腹は立たないが。阿呆ではない人には、小説は書けない。漱石、永井荷風、太宰治などは大阿呆である。だから傑作を次ぎ次ぎに書くことが出来た。

猫は糞《ふん》をすると、前足で穴を掘って、その穴に埋める。ところが埋めるのを忘れる猫もいる。蟹の甲羅を庭の穴に埋めておくと、それを掻《か》き出そうとする。だから深い穴を掘る必要がある。うちの嫁はんはいつも困っている。時々、木に上っている猫を見ることがある。私の背丈の二倍ぐらいの高さまで、上っている。夏場は気持ちがよいのだろう。猫は猫同士でよく喧嘩をする。凄《すさ》まじい声が聞こえる。猫にはそれぞれ縄張りがあって、縄張りを侵されると、怒るのである。負けた猫は縄張りを奪われる。また、私方の台所の前には塀があって、その塀の上から、よく部屋の中を覗《のぞ》いている。こういうことは多くの人が経験したことがあるだろう。珍しくもへったくれもないことである。

平安時代の貴族は、御所の中で猫を飼っていた。清少納言が『枕草子』にそう書いている。この人も猫好きだったらしいが、人生後半は御所から追い出され、どこかで野垂れ死にしたらしい。いい気味よ、と嘲《あざ》笑っていた女もいただろう。『源氏物語』を書いた紫式部はあざとい人ではなかったので、笑わなかっただろうが。

かりそめに春雪降る夜猫愛す　　　長吉
痩せ仔猫睡蓮の葉に慄へをり

くるまたに・ちょうきつ
1945（昭和20）年〜2015（平成27）年。兵庫県生まれ。作家。慶應義塾大学独文科卒。広告代理店勤務、総会屋下働き、下足番、料理人などを経て作家に。92年『鹽壺（しおつぼ）の匙（さじ）』で三島由紀夫賞並びに芸術選奨文部大臣新人賞受賞。96年『漂流物』で平林たい子文学賞受賞。98年『赤目四十八瀧心中未遂』で第119回直木賞受賞、03年に映画化。01年『武蔵丸』で川端康成文学賞受賞。『車谷長吉全集』全三巻、『人生の四苦八苦』（新書館）、『車谷長吉の人生相談 人生の救い』（朝日新聞出版）等著書多数。夫人は詩人の高橋順子さん。

恋のために死す

海原純子（医学博士）

もう10年以上前のこと、ベランダづたいにお隣りと軒を接しているマンションに住んでいたことがある。そのころ同居していたのは二代目のねこのダダだ。

当時三歳、かわいいやんちゃ盛り、元気よく部屋をとび回り、ソファーで爪をとき、カーテンをよじ登りやりたい放題。およそ悪事のすべてを天真爛漫《らんまん》にしていたけれど何故かマーキングをせずに年ごろを迎えた。去勢手術に気が進まなかったのは、一代目のねこが手術の後体調を崩し若くして亡くなったからである。発情しないしマーキングしないのをいいことに自然体で暮らしていたのだが、平和な生活がある日一変した。

春先の休日の昼下がり、ダダが激しく鳴きはじめ部屋をかけ回り、まどガラスをひっかいている。走り回るのはいつものことだが鳴きかたがいつもと違った。なんだろう、何事か。

と思って台所からかけつけると、ガラスのむこうに濃いグレーのふさふさの毛並みの美しいペルシャ猫が座っているではないか。ベランダに座ったその猫は丸く大きな目をしっかり開きちょっと首をかしげている。

わぉ、きれい、なんだ、なんだ、とダダは走るし、私もびっくり。

隣りとベランダ越しに接してはいるけれど部屋は8階、しかも途中は細くてすべりやすい手すりしかないところがある。そこをぬけてお隣りからやってきたらしい。どうしようかとしばらく眺めていたらお隣りの奥さんが窓を開け、すみませーん、とゼスチャーしている。あぶないので家の玄関をあけ、こちらからお引きとりいただこうとしたが、奥さんが手まねきすると、隣家のねこはなんとその手すりを伝って帰っていくではないか。

すごい、なんて言うことをよくきくねこなの？　と驚いたが、手すりを伝って帰っていくにはこちらもひやひや。

さあそれからが大変だ。美しいペルシャと出会ってしまったダダは、その日の夜からカーテンと部屋の壁の隅々にくまなくマーキングをはじめた。部屋中すごいにおいである。あわてて獣医に相談したが、

ダメですよ、マーキングが一度はじまったら去勢しても習慣は止まらないこともありますからね、

という返事。

そうか、遅かりし。カーテンは黄ばみ、毎日雑巾がけとにおいぬきの為エッセンシャルオイルをたいたり、レモンをしぼり果汁でにおいをとろうとしたが効果は薄い。

連日のようにペルシャはやってくる。窓ごしに二人はみつめあい、30分ほど滞在すると奥さんに呼ばれてペルシャは帰っていく。これが続いたらもう夜も安眠できない位臭くなるぞ、どうしよう、と思ったころ、ぱったりペルシャが来なくなった。やれやれ。しかし大騒ぎこそないもののダダはしっかりマーキングすることが日課となってしまった。

2週間ほどたったある夜、帰宅すると玄関に見慣れないねこ缶や砂、カリカリが積まれている。

これ、どうしたの？

アルバイトのお留守番の女性にきくとお隣りの奥さんがねこの遺品なので使ってくださいと運んできたのだという。あの美しいペルシャが…とびっくりして急いでお隣りへ。この度はまことに、と話しはじめると奥さんは「はじめての恋でした」

と涙ぐんだ。なんでも以前から腎臓が悪く入退院を繰り返していたのだがベランダ越しの恋で急に元気になったのだそうである。

「でもやはり興奮がすごくて亡くなりました。せっかくのジミーの遺品、ぜひお宅のお嬢ちゃまが使っていただければジミーもよろこぶと思います」

頭を下げながら思わずエッと驚いた。ジミーって、もしかしてオス？　でもとても言えなかった、うちのねこもオスなんて…。

恋っていろいろあるんだなぁ、ねこも人も。

そんな思い出を残しダダは16歳を目前に控えて亡くなった。残されたねこ缶やカリカリや食器をみるると胸が痛んだ。するとあの春の日のひとこまが目に浮かぶのである。

うみはら・じゅんこ
心療内科医、医学博士。東京慈恵会医科大学卒業。白鴎大学教授、ハーバード大学客員研究員を経て現在日本医科大学特任教授。日本医科大学健診医療センターでストレス予防健診を行うと共に講演執筆活動を行う。2013年～2014年復興庁心のケア事業の統括責任者として被災地での講演活動、2014年～2015年復興庁県外自主避難者支援活動で活動。読売新聞人生案内、毎日新聞日曜版心のサプリの執筆。主な著書に「困難な時代の心のサプリ」（毎日新聞社）、「心の格差社会」（角川書店）など多数。ジャズ歌手としても定期的にライブを開催している。現在3代目ねこのミー、4代目ねこのフーと同居中。

政治猫「マーゴ」

田勢康弘（ジャーナリスト）

テレビ東京で「週刊ニュース新書」というおもに政治中心の報道番組を始めて5年半が過ぎた。番組に最初から関わっているのは30人ばかりのスタッフを含めても、私と猫のマーゴだけである。2歳だったマーゴもいまや中年のオッサンで、可愛らしさはかなり消えたが、かわりにふてぶてしさが出てきた。何しろこのアメリカンショートヘア、ただうろうろしているだけのように見えるが、政界の大物の中にはマーゴファンが多いのである。

ざっといえば、茶碗のお茶を飲まれてしまった中曽根康弘元首相、番組が終わったあとも撫でていた小沢一郎さん、マーゴに会えるならまた出たいといってはばからない森喜朗元首相。かなり前のことだがこんなことがあった。選挙直前に各党の党首を招いて討論会を開いた時のこと。民主党の鳩山由紀夫代表が猫の名前を聞いて、「マーゴ、マーゴ」と手招きした。それを見ていた自民党の麻生太郎総裁。ドスのきいたしゃがれ声で「猫はねぇ、呼んだって来ねぇんだよ。だから猫なんだ。あんた猫飼ったことねぇんだろう」。鳩山さんは素直に「ハイ！」と答えてそれ以上呼ぶのをやめた。与野党の党首の最大の争点がマーゴだったのである。

なぜ報道番組に猫がいるのか、あの猫はあなたの飼い猫か。同じ質問をどのくらい受けただろう。「正しいことを静かに主張する」番組にふさわしい雰囲気を作るために、などと説明してきたが、それほどしっかりした動機があるわけでもない。「猫好き?」と聞かれればそのとおりだが、犬も猫とおなじぐらい好きだ。テレビ東京から番組出演の話が来た時、とっさに「猫を出演させたいのですがそれでよければ」と〝条件〟めいたことを言ってしまった。それでタレント猫のマーゴが選ばれたのである。なぜ、猫のことが口をついて出たのか自分でもよくわからない。ただ、きっかけのようなものはある。

昔、フジテレビだったと思うが夜中に「やっぱり猫が好き」という番組をやっていた。ほとんど欠かさず見ていたし、ビデオになってからもまた全巻見た。3姉妹のたわいもない筋立てのドラマと関係なく猫がウロウロ動きまわるのである。三谷幸喜のデビュー作だと思うが、猫の仕草とドラマのチグハグした空気が好きだった。心のどこかであういう空気を作り出してみたいと思っていたのかもしれない。3回ほどマーゴが番組を欠席したことがある。その日のゲストが「猫アレルギー」というケースでは出演させられない。自民党の大物議員もいた。

　街を歩いている時や電車の中でいきなりハッとしたような表情で私を指差し「あのあの、猫の番組の……」と言われると、やや力なく笑うしかない。外国で行き違った日本人に言われたこともあったし、銭湯で「見ていますよ」と言われた時には「何を?」と聞き返したくなった。持ち歩く名刺にはマーゴが写っているし、郷里の山形県の町役場にはマーゴが読書している大きなポスターが玄関に張ってある。マーゴはたくさんの歴代のスタッフを猫好きにさせてしまった。ニューヨークへ転勤になった大江麻理子さんも最初はおそるおそる触っていたが、転勤直前の番組の終了後は、かなり長いこと抱きしめていた。いまの番組プロデューサーの女性は完全な犬派だったが、猫も可愛いと思うようになったという。猫は犬ほど擦り寄ってこない。自分のペースを崩さずに嫌なことにはプイと横を向く。

　政治家でマーゴを知らない人は大物とはいえない、というほどたくさんの政治家と共演している。首相だけでも安倍晋三、福田康夫、麻生太郎、鳩山由紀夫、菅直人、野田佳彦。そのほかにはソニー・ロリンズ、天満敦子、船村徹、クミコ、ビートたけし、細川護熙というすごい顔ぶれと一緒に出た。番組には筆者の名前がついているが、実態は主役はマーゴ、この先も「猫の番組の……」と指差されることが続きそうである。

たせ・やすひろ
1944（昭和19）年、中国黒竜江省生まれ。ジャーナリスト。早稲田大学卒業後、日本経済新聞社で40年間政治記者。早稲田大学教授などを経て、現在「田勢康弘の週刊ニュース新書」（テレビ東京系）キャスター。日中ジャーナリスト会議日本側議長。96年、日本記者クラブ賞受賞。著書に『政治ジャーナリズムの罪と罰』『島倉千代子という人生』（共に新潮社）等多数。近著に『総理の演説』（バジリコ）がある。

猫たちと世界へのまじない

古川日出男（作家）

昨年末（二〇一二年）にインフルエンザで倒れた。インフルエンザに罹《かか》るのが初めてなので、最初それは「ひどい風邪」という認識しかなかった。妻の実家に二人で行き、それから東京の自宅に戻る列車内で、なんだか猛烈な熱に襲われて、少し意識がもうろうとした。それから、帰宅してすぐに布団に入った。布団は冷たかった。僕はガタガタと震えた。うめき声も漏れたと思う。

それから、こうして寒い布団にいながら、「どうして猫たちは来てくれないんだろうな」と思った。

「どうしてあいつらは、いつものように温まりに来てくれないんだろうな。そして、僕を温めに」と思った。

そんなのは当たり前だ。二匹とも、もういないのだから。二〇〇五年に一匹めが天寿を全うして、二〇一〇年に二匹めがやはり天に召されたのだから。

「……どうしていないんだろうな」と僕はうめきながら言い、ぽろぽろ泣いた。

しかし猫たちを呼び戻してはならない。二匹とも本当に天寿を全うしたのだから。一匹めは、妻が独身時代から飼っていた猫で、僕を〝家長〟として認めるまで数年かかった。しかし認めてからは、揺るがない信頼関係にあった。この世を去る朝、僕とともに布団のなかで丸まって、僕にぴたりと密着して離れようとしなかった（いつもよりも何十分も、何十分も長めに）。そうやって伝えてくれた「辞世の思い」を、僕は忘れない。二匹めは、僕が独身時代に飼っていた。僕が近所の道端で知り合った日に何度も、遊ぶようになり、僕が歩くと傍らを歩いてくれるようにもなり、そして共に暮らしはじめた。

それから家族は倍増した。人、人、猫、猫。僕は作家なので、毎日だいたい自宅で小説を書き、猫たちは膝の上にいたり、いなかったり、ゲラを読んでいると八つ当たりしたり（推敲作業には集中しすぎてしまうからだ。猫をかまってやれない）、そして夜は、いっしょに同じ布団で寝た。一匹が僕の頭にまとわりついて、一匹は胸もとか足もとにいた。

温かかった。

寒い夜など、なかったのだ。

しかしいまは、いない。

いないことは不幸ではない。インフルエンザにやられたから、気弱になって呻《うめ》いただけだ。「存分に生きられた」ということは、幸福だ。そして天寿を全うする猫たちを、どちらも、僕と妻は最後まで付き添って看取《みと》れた。それは本当に（僕たちの側でも）幸福だったとしか言えない。二匹めは介護が必要で、看取る日々はハードだったけれども。

命日が二つできたことは、僕たちの〝家庭〟内の事件だった。それぞれの日に墓参りに行く。同じ墓地に入れた。そこではいろんな動物たちが共同埋葬されている。墓地のふたを開き、そこに骨を納めるとき、大きな骨をいっぱい見た。犬たちの骨なんだろうな、と思った。この環境は、愉快だぞ、なあお前たち、と僕は自分の猫たちの骨に言った。僕と妻の猫たちの骨に。

それは東日本大震災の前のことだ。

震災の日、それからひどい余震が続いていた日々、僕は何度も墓のなかの猫たちの骨のことを想った。とても揺れているだろう。どんどんシェイクされているだろう。混じれ混じれ、と僕は思った。いろんな動物の骨と混じり、大型犬の骨とも混じり、そうすれば恐くないから。そうすれば寂しくないから。粉々になって、混じれ。

僕は福島県の出身なので、あの震災は大きな傷を残している（し、いま現在もまるで癒えない）。原発事故のせいで「立ち入り禁止」の地区ができ、見棄てられた動物たちがいることを（いま現在もいる）、どうしても遠い出来事とは思えない。そんななか、僕は、ただ呪文のように唱えるのだ。混じれ混じれ、混じれ混じれ混じれ、白さに混じれ、と。

ふるかわ・ひでお
1966（昭和41）年、福島県生まれ。作家。主な著書に『馬たちよ、それでも光は無垢で』（新潮社）、『LOVE』（新潮文庫、三島由紀夫賞）、『ベルカ、吠えないのか？』（文藝春秋）、『アラビアの夜の種族』（角川書店、日本推理作家協会賞・日本SF大賞）、『聖家族』（集英社）、『南無ロックンロール二十一部経』（河出書房新社）など。文学の音声化にも積極的に取り組み、朗読CD『詩聖／詩声』、朗読DVD『聖家族 voice edition』などを発表。近著に『女たち三百人の裏切りの書』（新潮社）がある。管啓次郎、小島ケイタニーラブ、柴田元幸との共同プロジェクトとして朗読劇『銀河鉄道の夜』ツアーを行った。14年には書き下ろし戯曲『冬眠する熊に添い寝してごらん』が第59回岸田國士戯曲賞候補にも挙がり、劇作家としての活動も本格化している。

性懲りもなく

小池真理子（作家）

二〇〇九年の三月四日、父が亡くなった。享年八十五歳。その日は、二〇〇四年に十七歳で死んだ愛猫、ゴブの命日でもあった。

ただの巡り合わせに過ぎないにしても、なんと不思議な偶然であることか。死んだ猫が「もうそろそろ、いいニャ?」と父を迎えに来たのか。それを受けた父が、「そうだな、そろそろだな」とばかりにうなずいて、黄泉《よみ》の国への道案内役を猫に任せたのか。

しっぽが丸い、ふくふくとした愛らしい三毛猫だった。そんな猫に伴われながら、静かに黄泉の国への道を歩いて行く父の後ろ姿を想像してみる。トコトコ、と遠ざかっていく、老人と一匹の猫。今も遠いどこかで、愛猫と父は一緒にいるのではないか、と私は思う。何やら気持ちがほっこりと温かくなる。

さて、ゴブ亡き後、その喪失感の深さに二度と猫は飼うまい、と固く心に誓ったのも束の間。なかなかそうはいかないのが世の常だ。

二〇〇七年初夏。別荘地に住むノラの母さん猫（白黒）が、わが家の近所で二匹の姉妹猫（白地にサバトラ柄）を生んだ。その母さん猫というのが、驚くばかりの器量よし。ノラとは思えぬほどの美貌で、その母猫から生まれた二匹の子猫の愛らしさと言ったら！　ひと目見たとたん、私は烈《はげ》しく悩殺された。

警戒心の強い母猫は無理にしても、子猫だけでもつかまえて避妊手術を受けさせないと、どんどん増えて大変なことになる。そう主張する近所の大学教授夫妻が、必死の思いで子猫たちを捕獲し、動物病院に連れて行った。

しかし、時は冬。厳寒期の山の中である。いくら若いとはいえ、術後まもない猫を氷点下十五度の世界に放り出すことなど、考えられない。夫妻にはすでに先住猫がいて飼うのが無理、というので、それでは退院後の二匹はうちが引き取ろう、という話がまとまるのは早かった。引き取るも引き取らないも、私はすでに姉妹の魅力にノックダウンされていたのだ。

しかし、案じられることが一つあった。一度も人に飼われたことのない母猫から、自然界を生き抜くための厳しい躾《しつけ》を受けていたせいだろう。子猫たちは容易なことでは、人に懐きそうになかったのである。

その不安は的中した。手術を終え、晴れてわが家に迎えた二匹は、私と夫に懐こうとしなかった。昼間はベッドの下に隠れていて、夜になると出て来る。まるでイリオモテヤマネコ状態だ。

生まれてこのかた、テレビなどというものを見たこともなかったからか。テレビをつけると、画面で人が動くのを見て怖がり、脱兎《だっと》のごとく逃げてしまう。音楽も怖い。水道の音もコーヒーメーカーの音も、インタホンの音も洗濯機のまわる音も全部怖い。彼女たちは文明と名のつくものをすべて怖がった。

だが、いつかきっと、と私は信じた。五年かかっても十年かかってもいい。いつかきっと、人間を信用し、すり寄ってくる。その日まで辛抱強く気長に待とう、待つのだ、と。

姉妹がわが家に来てから三年の月日が流れた。双子のようにそっくりな二匹には、それぞれ鼻の色の違いで「桃」と「クロ」と名付けたのだが、今、桃もクロも、一日中、ほとんどの時間を私と一緒に過ごしている。私の書斎が彼女たちの居場所なのだ。

あんなにテレビを怖がっていたのに、今ではテレビ大好き猫になった。私たちがテレビをつけるとやって来て、床に座ったまま、熱心に真剣に画面を見あげている。音楽も大好きになった。

昼間、仕事場に出て行って留守にする夫には未《いま》だに触らせないが、少なくとも警戒心は解いてくれた。桃に限ってだが、私には身体を好きなように撫《な》でさせてくれるまでになった。ゴロゴロ、喉を鳴らし、お腹をみせて寝ころがる。二匹とも、ニャーニャーとよくしゃべる。話しかけて、いちいち答えてくれる猫を飼ったことがなかったので、それがとてつもなく新鮮だ。

「俺が死ぬまで抱っこさせてくれないんだろうな」と夫は悲観的だが、私はそうは思わない。ある日、気がつくと膝にのぼってくるに違いない。気がつくと、ベッドで一緒に眠っているに違いない。

そばにいるだけでいい。一緒に暮らしているだけでいい。猫がいる家、というのは、それだけで、どうしてこんなに温かなのだろう。猫が元気に走り回っている家、というのは、どうしてこんなに活き活きしているのだろう。

性懲りもなく、またもや私は猫に夢中になっている。

こいけ・まりこ
1952（昭和27）年、東京都生まれ。作家。成蹊大学卒業後、出版社に勤務。1年半で退社し、78年に自らの持ち込み企画であった、エッセイ集『知的悪女のすすめ』が出版される。85年に発表した『第三水曜日の情事』で作家に転向。89（平成元）年に『妻の女友達』で日本推理作家協会賞受賞。90年に、夫である小説家の藤田宜永氏とともに長野県軽井沢町に移住。96年『恋』で直木賞、98年『欲望』で島清恋愛文学賞、06年『虹の彼方』で柴田錬三郎賞、12年『無花果の森』で芸術選奨文部科学大臣賞（文化部門）、13年『沈黙のひと』で吉川英治文学賞を受賞。『熱い風』（集英社）、『東京アクアリウム』（中央公論新社）、『存在の美しい哀しみ』（文藝春秋）など著書多数。近著に『千日のマリア』（講談社）、『モンローが死んだ日』（毎日新聞出版社）などがある。

金色の瞳のハハから、そして天からのあずかりもの

下川香苗（作家）

独り暮らしの私のマンションには、現在四匹の猫たちが同居している。いずれも雑種で、もと野良や捨て猫ばかり。上から順に、キジコ、シロコ、ミケコ、ギズモ。どんな模様か、名前だけでわかってしまう。かろうじて一番下だけ違うのは、映画のキャラクターに似ていると言って友人が命名したからだ。白黒のぶちなので、私がつければ今ごろはブチコという語感が良いとは言いがたい名で呼ばれているところだった。

上の二匹、キジコとシロコは双子の姉妹。十三年前の春、野良の母猫が実家の庭へ連れてきた子どもたちだ。

とら縞のその母猫を、私はハハと呼んでいた。「ハハ」は「母」。小柄でやせていたが、くっきりとアイラインに縁どられた金色の瞳が美しかった。実家の母親が近所をはばかっていたので大っぴらに食べ物を与えることはできなかったけれど、それを察したようにハハはそっと裏口へ来て食事の残りなどをもらっていた。が、決してなれなれ

しくすり寄ったりせず、頭をなでさせもしない。一定の距離以上人間に踏みこませないようすは、「世話にはなっても魂は売らない」と主張しているかのようだった。

母猫のハハは、かしこく誇り高く、そして愛情深かった。

あるとき、昼食の焼き魚の残骸を、捨てるくらいならと私は庭で寝ているハハの前へ持っていった。どこかで遊んでいるのか、子猫たちは見当たらない。魚の残骸は頭と内臓だけ。ほんのひと口の量だ。すぐ食べてしまうと思っていたら、起き上がったハハは残骸をくわえて行ってしまった。あれっぽちの食べ残しでは気に入らなかったのだろうか。

が、次の瞬間に理由がわかった。ハハが行った先、隣家の物陰から子猫たちが顔を出したのだ。わずかであっても、食べ物はまず子どもたちへ。いつでもハハは、全身で子猫たちを守っていた。

冬になって、小説の仕事に本格的に取り組むため独り暮らしをはじめた私は、子猫二匹を引き取った。ハハもいっしょに連れていきたかったけれど、捕まえることは不可能だった。子猫と離れたハハは特定の場所に長居しない生活へもどったらしく、私が時どき実家へ寄ったおりにも姿を見ない。母親に尋ねても「そういえば最近来ないねえ」という返事だった。

それは、春の気配が漂いはじめたころの雨の夕方だった。スーパーへ買い物に行った帰り道、ハハのことが頭の隅に引っかかっていて、私は遠回りして実家の前を通ってみた。

雨音に混じって、かぼそい鳴き声が微《かす》かに聞こえた。庭の茂みの奥に、とら猫が一匹うずくまっていた。ハハだ。金色の瞳で、じっと私をみつめている。

「ハハ！　どうしてたの！」

よかった、無事でいたんだ。そうだ、スーパーの袋の中に、子猫たち用に買ってきたささみが入っている。これを湯がいて食べさせてやろう。

急いで私は当時借りていた部屋へ帰り、ささみをゆでると、冷めるのも待ちきれず容器に入れて実家の庭へ駆《か》けもどった。お腹も空いているだろうし、雨をしのぐ必要もあるから、あの場所からハハはたやすくは動かないはずだ。

けれども、もうハハはいなかった。あたりを探しても、みつからない。それきり、二度と見ることはなかった。

どうして実家で台所を借りなかったのか、ささみは生のままでもよかったじゃないか、あの雨の夕方のことをいろいろ考えて、私はひどく後悔した。

しかし、ふっと気づいた。あの日、ひさしぶりに現われたハハが私を呼び止めたのは、食べ物をほしかったからではない。「子どもたちを頼んだよ」と、私に伝えたかったのではないか。厳しい生活を強いられる野良猫の寿命は短い。みずからの死期が近いのを悟《さと》って、最後に私に一目だけ会って子どもを託そうとしたのではないか。あの猫ならきっと、毅然としてそうする。

キジコとシロコ、二匹の子猫は無事に成長して、母猫によく似て、雑種だが気品のある、おとなしく愛らしい最高の猫になった。特にシロコのほうは、美しい瞳が少しきつめの、まさに母猫に生き映しの顔立ちだ。

今でも、私はハハを思い出す。最後にハハに会って以来、私はキジコとシロコを「ハハからあずかっている」という気持ちでいる。そして、生命あるものはすべて、それが愛玩動物であっても、大きな生命のつながり全体からというか、天からのあずかりもののように思うのだ。確かに食べ物と住まいを与えて養ってはいるけれど、飼っているというより、いっとき手元へあずからせてもらっている宝。宝をあずかった者は、たいせつに慈《いつく》しまねばならない。別れのそのときがきて、天へ返すまで。

しもかわ・かなえ
岐阜県生まれ。作家。中学時代はじめて童話を書く。1984年「桜色の季節」で第3回COBALT短編小説新人賞に入賞。作品に『家族の告白』『闘いの季節』（いずれもポプラ社）、ノベライズ『NANA』『下弦の月』（原作・矢沢あい、集英社）、『君に届け』（原作・椎名軽穂、集英社）『俺物語!!』（原作・河原和音、集英社）、恋愛小説アンソロジー『LOVERS』（祥伝社）などがある。

猫と娘

浅田次郎（作家）

一人娘が高校の理科系進学クラスを希望したときには、いささか首をひねった。私は足し算も満足にできぬ文学バカであるし、読書が縁で結ばれた妻も大学の専攻は英文学であった。一族郎党を見渡しても、理数系の遺伝子は皆無なのである。だからと言って反対をする合理的理由にはならぬが、「自分の資質を見誤るなよ」という程度の説諭をした記憶はある。

まさかと思う間に、娘は東北の大学の医学部に合格して、さっさと家を出て行ってしまった。父母と別れることにはさして感慨がない様子であったが、ともに育った十匹の猫たちには未練がましく別れを告げていた。

その姿を見ながら、私はふと思い当たった。わが家は昔から猫まみれである。娘が物心ついた時分には、最大限の十三匹が狭い借家に溢れていた。数が多いと健康の管理に目が行き届かず、また交通事故に遭って無念の最期を遂げる猫も多い。そうした環境に育った娘は、生命の尊厳について考えるところが大きかったのではあるまいか。娘が知る人のひとりとてない北国の町に去ってしまうと、家には文学バカの夫婦とその老母と、十匹の猫が残された。

やがて娘は、独り暮らしのアパートで猫を飼い始めた。猫のいない生活を知らないのだから仕方がない。素性の正しい猫は飼わないというわが家の伝統に従って、雪の夜道で鳴いていたキジトラの仔猫を拾ってきたのだった。猫には「モモ」という名を付けた。あたりまえの猫にあたりまえの名を付けるのも、わが家のならわしである。

モモは初めのうちこそ娘の孤独と無聊《ぶりょう》を慰むるのにたいそう役立ってくれたのだが、次第にそうとばかりは言えなくなった。学年が進むにつれて医学部のカリキュラムはあわただしくなる。深夜まで実習にたずさわったり、休日も登校しなければならなくなった。いきおいアパートで缶詰にされたモモは、運動不足で十キロの巨猫に成長し、ストレスが昂じて床も壁もボロボロになった。

そこで致し方なく、モモは飼主の実家、すなわち東京のわが家に引き取られることになった。

わが家の十匹の猫はすべて血脈を持っている。父と母と子供らのファミリーである。

そこに若くて巨漢の、どう見ても牝《めす》とは思えぬモモが引越してきた。ファミリーは白と三毛ばかりだが、似ても似つかぬキジトラである。毛色もちがえば顔つきもちがう。

いじめられるわけではないのだが、モモはほかの猫たちを怖れていた。何しろ猫という生き物を知らなかったのである。日がな部屋の隅にちぢこまって、少しでもほかの猫が近寄ろうものなら唸り声をあげ、食事も隙《すき》を見てこそこそとすませる姿を見ていると、胸が痛んだ。

見知らぬ街で、縁もゆかりもない人々に囲まれて暮らしている娘の姿が重なるのである。かけがえのない友人であるモモを、思い屈して手放そうと決めたときはさぞかしつらかったであろう。

私にもいくどか経験はあるが、自分の人生と猫の猫生を秤《はかり》に載せなければならなくなったときは、まことにつらい。人と別れるほうがよほど簡単だと思う。

娘は大学を出ると、さらに遥かな北国の病院で研修医として働き始めた。

モモはいまだに猫たちとなじめず、昼は書斎で過ごし、夜は猫禁制の寝室で私の腕に抱かれて眠る。もしかしたらもう私の許には戻ってこないかもしれぬ娘を夜ごと抱いているような気になる。
猫が生命の尊厳を娘に教えたように、私の小説の師もやはり猫なのであろう。
いやはや、猫にことよせてつまらぬ私事を書きつらねてしまった。

あさだ・じろう
1951（昭和26）年、東京都生まれ。自衛隊員、アパレル業界など様々な職につきながら投稿生活をおくる。95年『地下鉄（メトロ）にのって』（徳間書店）第16回吉川英治文学新人賞受賞。96年『蒼穹の昴』（講談社）が直木賞の候補作となり、翌年『鉄道員』（集英社）にて第117回直木賞受賞。00年『壬生義士伝』（文藝春秋）で第13回柴田錬三郎賞、08年『中原の虹』（講談社）で第42回吉川英治文学賞受賞。代表作に『五郎治殿御始末』（中央公論新社）、『絶対幸福主義』（徳間書店）、『天国までの百マイル』（朝日新聞社出版局）ほか多数。近著に『ブラックオアホワイト』（新潮社）、『わが心のジェニファー』（小学館）などがある。

ネコの枕経

玄侑宗久（作家）

先日、九十歳すぎまで独りで暮らしていた男性の檀家《だんか》さんを見送った。奥さんに先立たれたのが約三十年前。その時は子供たちもすでに独立していたから、そのまま最近まで独りで農業をしながら暮らしてきた。そして最後は長男夫婦が数年同居し、骨折がもとで入院はしたものの、見事に「老衰」で亡くなったのである。

世話をしていた長男の奥さんが、とても興味深い話をしていた。

「義父はいつもにこにこ温厚な人で、とにかくジリツ的でした」

「ジリツ的、ですか？」

「ええ、自分のことは何でも、たとえば洗濯でも、自分でするんですよ。お料理は、私のヘタなのを食べてくださるんですけどね」

「ああ、自分で律する、自律ですね」

「ええ」

これは枕経をあげた後の私との会話である。旦那《だんな》さんも頷きながら聞いていた。いい話だと感じ入っていたら、六十代後半と思《おぼ》しき彼女はさらに眼を輝かせて続けた。「しかも、自分のことをそうやってあれこれしながら、よく口笛を吹いてたんです」「口笛、ですか。……どんな曲です？」「曲はわかりません。曲になっていたのかどうかも、わからないですけど、とにかく上機嫌なんです。最高のお舅《しゅうと》さんでしたね」

それを聞いて私は、思わずネコや犬が上機嫌を示す能力に思いを馳《は》せた。ネコはごろごろ喉を鳴らし、犬は尻尾《しっぽ》を振る。彼らのこの能力について、私はかねがね尊敬の念を抱いているのだが、人間の場合はそうした大切な能力が如何《いか》に抑圧されているか、そう思って考え込んでしまったのである。

人間には、外から見て上機嫌だと判《わか》る徴《しるし》がさほどあるわけではない。たとえば掌《てのひら》や項《うなじ》があかくなるなど、はっきりした身体特徴が表れれば偽れなくていいのだが、大人は特に笑顔をうまく使いこなすから判別しにくい。あえて上機嫌の正直な証拠を探すと、やはり鼻歌か口笛くらいしかないのではないだろうか。何よりそれらは、無意識に出るものだからこそ信用できる。

ところがこれは、我が国では全く評価されない。昔、中学校の卒業式で鼻歌を歌った同級生がおり、先生にひどく叱責《しっせき》されるのを見た覚えがある。場所によって「不謹慎」と叱られるのは勿論《もちろん》だが、ならばどこならいいのかと考えても、トイレか風呂場くらいしか思い浮かばないのである。なんという不幸な「上機嫌」だろう。

なるほど卒業式も結婚式も、「式」と呼ばれるかぎり「厳粛」であるべきなのだろう。

結婚式は「厳粛でありながらも和やかな」披露宴が褒められるが、それでも口笛や鼻歌ほど自律的な上機嫌が歓迎されるわけではない。

そんなことを考えていると、折しも日の当たる縁側に近所の赤虎《あかとら》ネコがやってきた。前肢《まえあし》を折り曲げ、奥さんによれば「いつものように」ネコなりに正坐《せいざ》したのである。

餌を運ぶでもなく、声をかけるでもなく、我々はただそのまま日向《ひなた》を見つめて会話していたのだが、そのうちネコは、初めは遠慮がちに、やがて盛大に喉を鳴らしだした。厳粛で静かで美しい死に顔の約二メートルほど先で、ネコは重厚な音を響かせつづける。まるでグレゴリオ聖歌のようで、立派な枕経とも聞こえた。聖なる老衰が、ネコの聖なる日常的上機嫌によって荘厳されていったのである。

げんゆう・そうきゅう
1956（昭和31）年、福島県生まれ。作家。慶應義塾大学文学部中国文学科卒業後、さまざまな仕事を経験したのち、京都天龍寺専門道場での修行を経て、現在は、臨済宗妙心寺派福聚寺住職を務める。01年『中陰の花』（文藝春秋）で芥川賞受賞。著書に『あの世この世』『釈迦に説法』（共に新潮社）、『多生の縁』（文藝春秋）、『禅的生活』（筑摩書房）等多数。近著に『仙厓 無法の禅』（PHP研究所）がある。東日本大震災復興構想会議委員。

猫は語る

角田光代（作家）

猫を飼ったことがないので、猫についてまったくの無知だった。

とはいえ、猫を飼っている友人の家に遊びにいったことは幾度もある。内田百閒、向田邦子などが猫について書いた多くの文章も読んできた。大島弓子の『綿の国星』や飼い猫サバやグーグーの登場する漫画も大好きだ。けれど依然として猫については無知だった。

そんな猫無知の私のところに猫がやってきた。二年ほど前である。

猫にかんしていちばんびっくりしたのは、猫が語ること。もちろん言葉を話すわけではない、顔で語るのである。犬は語ると知っていたけれど、猫が語るとは知らなかった。

うちの猫はじつにわかりやすく語る。ごはん、や、遊んで、などはもとより、「遊ばないと、こういう悪さをしますよ、いーい？」「今帰ってきたのにもう出かけんの？

いつ帰るの？」「なんか家の人数ひとり足りないんだけど、どしたの？」「うわー、何これ動いてんの何、この黒い動くもの、何！」「ちょっとお湯張り見てもいい？」等々、語る。演技までする。地方の仕事で三日ほど留守だった夫が帰ってきたとき、帰りを待ちわびていた猫は、エレベーターの開くかすかな音を聞きつけて玄関へとダーッと走った。追いかけていってみると、ドアが開くその瞬間に、ごろりと廊下に寝そべるのである。そして姿を見せた夫をちらりと見、「あ、帰ったんだー私寝てたけど」と、興味のないふりをして私を驚かせた。ダッシュした自分に、急に照れたのだろうか。

ごはんをもらっていないふりをすることもある。目を細め、いかにもひもじい顔をして、ごはん処の前に座っているのである。私も夫も幾度かこれにはだまされたことがある。

こんなに語るのはうちの猫だけだと思っていた。たまたま語る猫だったのだろうと。その後、猫を飼っている友人たちの家にいって、猫とはあまねく語る生きものなのかと思い知った。ある家の猫は、廊下で香箱を組んでたたずんでいて、私がその廊下の奥に進もうとすると「そっから先はこないでーッ」と叫んだ。びっくりした。

ある家の猫は「いいよ撫でても」と近づいてきて、私が撫でまわしはじめると「もうそのくらいでいい」と言い、それを無視してさらに撫でていると「もういいって言ってんだろうがよ」と静かに言った。

ある家の猫は私を含む友人数人がお邪魔しているあいだ、姿を見せなかった。ひょいと見上げた本棚のてっぺんに猫がいて、あ、と思うと「シー、黙ってて」と言った。猫とはかくも饒舌《じょうぜつ》なのか。はじめて知った。

夫は留守、猫は自分の居場所で眠っている日曜の午後。本を読んでいて、ふとその静けさに気づくことがある。うわー、静かだな、と思う。思ったとたん何かさみしくなって、寝ている猫を起こそうとしてみる。名前を呼ぶと面倒そうにしっぽを動かす。

「寝せといてやれ」、しっぽまでが語る。すごすご引き下がり、その静けさに身を置く。

しかしべつのときに、はたと気がつく。猫は饒舌だが、声を発するわけではないのだ。とくにうちの猫はあんまり鳴かず、鳴くときも声がちいさい。だからいつだって静かなのだ。なのに、いつもいつも話しているような気がしてしまう。夫と猫とつねにくっちゃべっているような気がしてしまうのである。

じゃあどんな声？　と思い浮かべようとしても、人の声としてたとえることができない。それでも言葉で会話している実感だけがある。

そうして思うのである。私たち人同士も、言葉を交わしながら、でも声ではなくてもっと違う何かで、大げさにいえばたましいみたいなもので、言葉を交わしあっているのかもしれないな、なんて。

かくた・みつよ
1967（昭和42）年、神奈川県生まれ。作家。早稲田大学卒業。90年『幸福な遊戯』（福武書店・その後角川文庫）で海燕新人文学賞を受賞しデビューする。以降、野間文芸新人賞、婦人公論文芸賞、直木賞、川端康成文学賞、中央公論文芸賞、伊藤整文学賞、柴田錬三郎賞等受賞多数。14年は『私の中の彼女』で河合隼雄物語賞を受賞。映画化やドラマ化もされ、多くの話題作がある。著書に『対岸の彼女』『空中庭園』（共に文藝春秋）、『八日目の蝉』（中公文庫）、『紙の月』（角川春樹事務所）、『まひるの散歩』（オレンジページ）、『今日も一日きみを見てた』（KADOKAWA）、『世界は終わりそうにない』（中央公論新社）等多数。

猫とはつかず離れずが平穏だ

髙村 薫（作家）

長く物書きをしているのに、一度も小説に猫を登場させたことがない。孤独な都市生活者にこそ猫は似合うはずなのに、たまたま猫の一匹も飼う余裕のない荒廃ばかり描いてきたからか。あるいは、登場人物の誰もかれも、猫という鏡が自分の本質を映しだすのを恐れる、内省的で傷つきやすい人間だったということか。

小説家自身、自分を見つめる自虐をエネルギーにする場合と、そうでない場合に分かれるが、私は後者に違いない。作者自身が自分を見つめる自虐を好まず、そういう登場人物に耐えられないゆえに、彼ら登場人物たちも内省とは無縁であるかのようにふるまい、結果的に猫の出番がない、ということだろう。

猫に見る自分の姿とは、一言でいえば愛に飢えている子どもだろうか。いかにも愛されるにふさわしい柔らかい姿の猫を眺め、自分もこんなふうであればと無意識にせよ思い、気がつけば手をのばして撫でている。かといってそういう私には、犬のように一心に愛され、仕えられても困るという思いもある。孤独が好きというのではなく、一つは自分が応分の愛情を相手に返せないことを知っているためであり、一つは愛情のやり取りに縛られることを恐れるためである。この二つを足して二で割れば、自己愛という結論になる。自己愛が強くなければ、小説など書いてはいられない。

自己愛には孤独という代償がともなう。そのため、せめて猫だけでも家に閉じ込めて飼い、ふらりとどこかへ行ってしまうのを防いでみるのだが、それでも日々、素知らぬ顔を見せつけられ、自足を見せつけられ、お互いたまたま一緒に暮らしているだけ、という諦念を見せつけられる。それはそれで穏やかでもあるが、その先には必ず死別もある。猫は小さい分、いなくなっても空間的には大きな差はない。こんな猫との暮らしを一言で言い表すなら、空虚の混じった平穏である。

実際、人間がそれぞれの人生で味わう充実や悲哀と猫自身はなんの関係もない。そこがいいと思う。猫は主人の成功をともに悦んだりはしない代わりに、失敗を責めることもしない。だいいち彼らは、毎日餌が出てくることを信じているのでさえない。ただ習慣にしているのであり、出てくるのが早いとも遅いとも思うことなく餌を待ち、たまたま出てこない場合は、いつもと違う状況が不本意だという声をあげ、それでも状況が変わらなければひとまず諦める。状況が変わった理由を訝ることもしなければ、悲嘆する理由ももたない。たんに状況をそのまま受け止めるのであり、いかにも動物らしいその醒め方とふるまいが、またいいと思う。

そして人間のほうは、勝手にこころを千々に乱れさせ、ああかわいそうにとあわてて餌を用意してから、ふと我に返るのだ。この共同生活はほんとうに不思議だ、と。人間が人間の都合で自らの生活に引き入れた猫を相手にひとり相撲をし、そのつど自身の身勝手や孤独に気づかされて佇んでしまう、これも立派な自虐ではあるか、と。

物心ついたころから猫と暮らしてきたせいか、ほんとうは猫をできるだけ自然にさせてやりたいと思う。気がつけばその辺におり、膝に乗りたければ乗せてやり、しばらく姿が見えなくとも、それはそれでよし。戻ってくれば餌をやり、またどこかへふらりと出かけてゆくのを、黙って見送る——。ひと昔前まで人間と猫の暮らしはそんなふうだったはずだ。そうか、そういうつかず離れずの共存なら、私の登場人物たちも猫と暮らすのをよしとしたかもしれない。そうか、自虐だの内省だのという前に、猫のいる生活の風景が様変わりしたこと、そのことが、私をして小説に猫が登場することをためらわせているのかもしれない。

人間の夫婦生活の平穏と一緒で、猫は元気で留守がいい。

たかむら・かおる
1953（昭和28）年、大阪府生まれ。作家国際基督教大学・仏文科卒。商社勤務を経て。90年デビュー作『黄金を抱いて飛べ』（新潮社）で日本推理サスペンス大賞受賞。93年『マークスの山』（早川書房）で直木賞受賞。代表作『レディ・ジョーカー』（毎日新聞）は石原プロダクションにより映画化された。著書に『晴子情歌』、『新リア王』、『太陽を曳く馬』（いずれも新潮社）、『冷血』（毎日新聞社）、『四人組がいた。』（文藝春秋）など。最新作に『空海』（新潮社）がある。

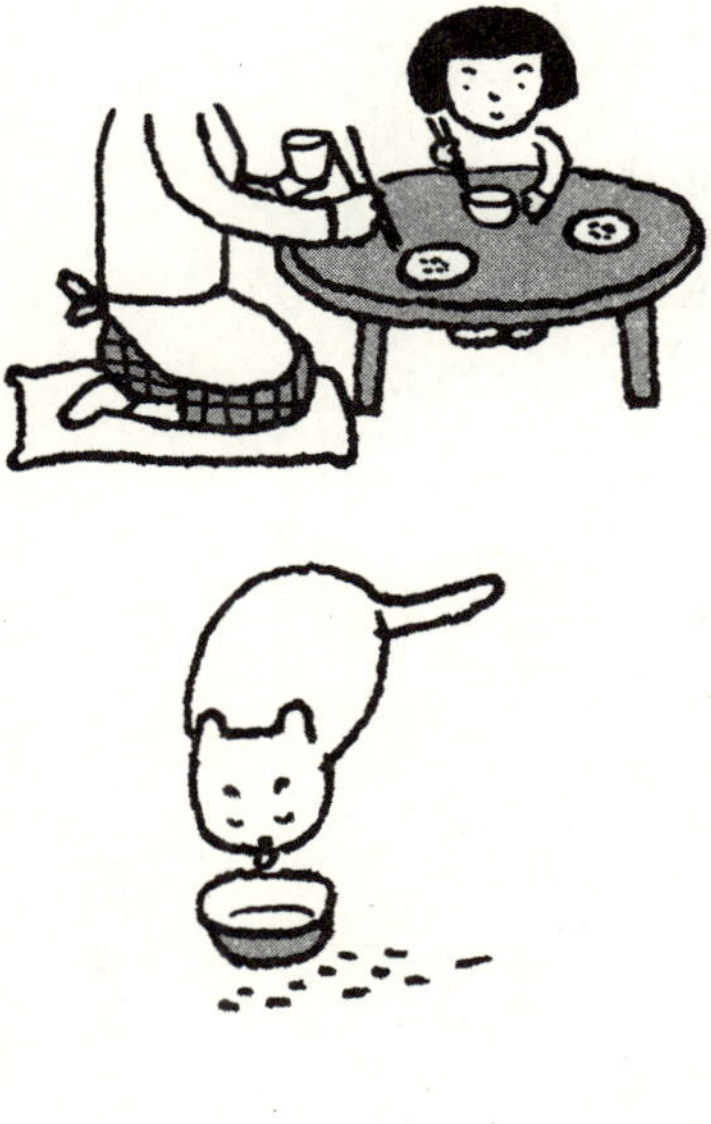

骨皮筋子の最後

山田洋次（映画監督）

デパートの屋上で、ただで配っていたからつい貰っちゃった、飼っていいでしょうと娘が親指ほどの黒ネコの子どもを通学カバンに大事そうに入れて帰ってきた。もう二十年近く前のこと。

ネコは好きなほうではある。大学の寮の一室で白ネコを飼っていて、卒業試験の時にお産が始まったので世話に手間を焼いて危うく落第しそうになったことがあるくらいだ。

それにしても小さい黒ネコである。ネコの子というより子ねずみ。薄汚れていて蚤《のみ》がうようよしていて気持ちが悪い。とても育つまいと思ったが、妻が掌《てのひら》に乗せて大切に世話をはじめた。人間の子育ては下手だけど猫の仔育には自信があると豪語する妻だけあって、スーパーで仕入れた鯛の刺身をすり身にして小さく丸めて口に入れてやり、夜は自分のあごの下にはさんで寝るといった献身的看病の末、瀕死《ひんし》の黒ネコの仔を立派に再生させてしまった。栄養失調で痩せ細った雌だから、骨皮筋右衛門ならぬ筋子と命名、愛称はスージー。

哀れな捨てネコの分際なのに、保護過剰気味に育てたのがまずかったか、とんでもない美食ネコになった。ネコと人間の味覚が共通しているというのは不思議なのだが、たとえば魚なら河豚《ふぐ》と鮎はゴロゴロ大喜びで喰らいつくし、鯵《あじ》の干物ならスーパーで買ってきたのは見向きもしないくせに、鎌倉の名店「鈴伝」からの到来物のにおいがすると飛んで来て食卓の上に飛乗るといった有様。それまで飼っていたピーという名の白ネコが自分の食器に盛られたキャットフードしか喰わなかった行儀よさとは大違いだった。痩せの大食いとからかわれながらも、この甘やかしすぎのスージーは結構しぶとく十四年も、思春期の娘たちと彼女らの大切な年代を共有しながら生き抜いた。

犬と違ってネコは死に際はいさぎよい。家を出て家族の見えないところで死ぬのが常である。先代のピーが隣家の庭で死んでタオルに包まれて届けられた経緯があったので、あきらかに死期のせまったスージーが表に出たがるのを制して居間の机の下にタオルを敷き

「ここで死ぬのよ」

と妻が言い聞かせたら、それが分かったのかスージーは力なく横たわって死期を待つ

風だった。スーパーで買い求めた鯛の刺身のすり身を与えてももう食べようとしない。娘たちがかわるがわる手で撫でてやるうちに、スージーはふと片手を出してその掌にさわった。上の娘、下の娘、そして命の恩人の妻の掌と順番にさわり、それが最後の挨拶《あいさつ》なのであろう。

「ニャー」

と幽かな声で鳴くと力尽きたようにぐったりと体を伸ばし、十四年の生涯を閉じたのである。その日の夜更けまで、妻や娘たちがどれほど泣いたことか。

ぼくが死ぬ時も家族はあんなに悲しんでくれるのだろうかと、時々不安になる事があるのだが。

やまだ・ようじ
1931（昭和6）年、大阪生まれ。映画監督。幼少時を中国東北部（旧満州）で過ごし、47年に日本に引き揚げる。55年松竹大船撮影所に入社。以後、00年にこの撮影所が歴史を閉じるその年まで、この場所で映画を製作する。主な作品として『男はつらいよ』シリーズの他、『幸福の黄色いハンカチ』『家族』『故郷』『息子』『学校』シリーズ、藤沢周平原作の時代劇『たそがれ清兵衛』『隠し剣　鬼の爪』『武士の一分』、吉永小百合を主演に迎えた『母べえ』、『おとうと』など。最新作『母と暮らせば』が15年12月に公開予定。12年にはこれまでの歩みを紹介する「山田洋次ミュージアム」が東京・葛飾にオープンした。

得手勝手

養老孟司（解剖学者）

昨日は机の上に乗ろうとして、身構えたが、ダメ。思い直して、もう一回、身構えてみるが、自信がないらしい。三度目、やっぱりダメ。机の表面がツルツルだから、爪がかからない。それは経験上でわかっているらしい。

そうなったら、答えは明らかである。後ろを向いて、私の顔を見る。「なんとかして頂戴」。わかったよ、と私が椅子から立ち上がって、マルを持ち上げてやる。

外に出ようと思うが、玄関の開き戸が閉まっている。自分で開けられるのだが、後ろで私が見ているのがわかっている。だから後ろを向いて、合図する。「開けて頂戴」。だから私が開ける。

書斎にドアがあって、書庫に通じている。これは自分では開けられない。だからガラスを爪でガリガリやる。やりながら、ニャアとわめく。たちまち私が飛んでいって、開けてやる。同じ書斎に小さい窓があって、外に暖房の室外機がある。その上に乗って、あたりを見ているのが習慣になっている。そこから部屋に戻るときには、窓のガラスを引っかく。その音が聞こえると、私は窓を開ける。「開け、ゴマ」である。朝は起こしに来る。ベッドに乗る。頑張って寝ていると、ついに顔をなめる。もう寝ていられない。起きて、エサをやる。

こういう飼い主はいけない。徹底的にネコを甘やかす。でもネコってのは、甘やかされると、スポイルされるのだろうか。どうもそうは思えない。自分でもできるのだが、もっと楽な方法があれば、それを採用する。そこが堂に入っている。生存戦略がじつに優れているのである。

いつもそれを学ぼうと思うのだが、人間社会でもつい同じことをする。ネコに奉仕するのと同じように、他人に奉仕する。相手がネコだと、それが極端になるだけである。だから子どもの育て方を誤った。上手に叱れない。上手に訓練できない。なにより訓練された姿が嫌いである。だからイヌを好かない。お座りといわれて、ちゃんと座る。それを可愛いと思えば可愛いのだが、「なにがお座りだ」といって、あっちに行ってしまうイヌがいたら、それも気持ちがいいなあと思う。それがネコである。

たぶん自分は得手勝手な性格なのである。好きなようにしたい。でも世間ではそうはいかない。だから代償的にネコにそういう世界を与えてやる。徹底的に勝手にさせる。そうすることで、世間での自分の生き方にバランスを回復する。だからネコが好きにしていると、気持ちがいい。

たぶん私は社会的不適応なのである。好きにしたいなんて思うのは、すでに不適応に決まっている。なにもそれほどまで我を張る必要はない。周囲に合わせりゃいい。だから合わせるのだが、「合わせている」意識がいつでも残る。それで疲れる。そのくらいなら、合わせなきゃいい。ネコになればいい。それがなれない。

ネコに自分を投影して、それでニコニコしている。しょうもない。そこが大人でないと思いながら、そうし続ける。世間のネコ好きには、そういう人が多いのではないか。そう疑う。まあ、人はさまざま、それぞれの好き方があるのかもしれない。ともあれネコを見ていると、気持ちが和む。人徳というのがあるが、ネコは生まれつきにネコ徳を持っている。

ああ、アホらしい。マルのために窓を開けながら、そう思う。そう思うけれど、身体が勝手に動く。たぶんどちらか、死ぬまでこれを続けるに違いない。私が先立ったら、マルにわかるだろうか。近頃いささか不便だなあ。そう思う程度に違いない。

ようろう・たけし
１９３７（昭和12）年、神奈川県生まれ。解剖学者。東京大学医学部卒業後、１年のインターンを経て解剖学教室に入る。以後解剖学を専攻。東京大学医学部教授、北里大学教授、東京大学名誉教授などを歴任。唯脳論の提唱者。また現代サブカルチャーへの造詣も深く、２００６年には京都国際マンガミュージアムの館長に就任した。89年『からだの見方』（筑摩書房）でサントリー学芸賞を受賞。主な著作に『唯脳論』（青土社）、『バカの壁』（新潮社・第57回毎日出版文化賞特別賞受賞）、『記憶がウソをつく！』（扶桑社）、『養老孟司の大言論』（新潮社）など。近著に『文系の壁』（ＰＨＰ研究所）、『虫の虫』（廣済堂出版）等。愛猫・スコティッシュフォールドの「まる」の日常を写し取った写真集『うちのまる～養老孟司先生と猫の営業部長～』（ソニー・マガジンズ）、『そこのまる　養老孟司先生と猫の営業部長』（武田ランダムハウスジャパン）、『まる文庫』（講談社）も人気。

飼い主の修行

群ようこ（作家）

私のパスポートの有効期限が近々切れる。パスポートを取得してから十年の間、一度も海外旅行をしていない。国内旅行も一泊が一度だけ。これもすべてうちのネコ、「しい」のためなのである。小さい歯が生えそろったしいを拾って半年ほどして、母親と一泊旅行に出かけて戻ったときの、しいのリアクションにびっくりして、泊まりがけで出かけられなくなってしまったのである。

ひとりぼっちになって不安で全く寝られなかったらしく、睡眠不足でふらふら状態になっていた。ところが翌日の午後、睡眠を十分にとったしいは、私の顔を見るやいなや、床に四本の脚を踏ん張り、

「うぎゃーあああー、あー、うぎゃあああ」

とものすごい勢いで怒りはじめた。いくら、

「ごめんね、悪かったね」

とあやまっても許してくれない。

最初はぎゃあぎゃあいっていたのが、そのうちぶつぶつ口調になっていき、結局、五分間、説教され続けた。私は若い頃から親に説教された覚えはない。まさか中年になって飼いネコに説教されるとは、夢にも思っていなかった。これはもう頭上の嵐をやりすごすしかないので、ひたすらあやまり続けると、最後に、

「もおー」

といい放ってやっと説教は終わった。

そんなしいでも、歳をとればお留守番をするのにも慣れてきて、短期間なら旅行ができるようになるだろうと楽観していた。ところがこの予想は見事にはずれた。抱っこしながら、

「しいちゃんもお姉ちゃんになったから、ひとりでお留守番ができるようになったよね」

と声をかけると、顔をそむける。

「大丈夫だよね」

と確認すると、ドスのきいた低い声で、

「うー、うー」

とうなり続けて、やめろという。

「わかった。もうこの話はしないね。かあちゃんはしいちゃんとずっと一緒にいるね」

「んっ」

しいは満足そうに返事をして、目をつぶって寝てしまう。私はしいの顔を見ながら、ため息をつくしかなかった。

洗脳しようと、毎日、

「しいちゃんは、ひとりでお留守番ができるようにな〜る」

と耳元で何度もささやき続けてみても、全く無駄だった。それでも十歳近くなれば、ひとりにも慣れるだろうと期待したが、前よりもっと甘えん坊になって、やたらとぺたぺたくっついてくる。私以外の人には絶対に慣れないのも問題だ。どうしてこうなのかしらと、ネコを飼っている高校時代からの友だちに愚痴をいったら

「私たち、気ままに何十年も独身生活を送ってきたんだから、ひとつくらい自分の意に添わないものがあっていいんじゃないの」

といわれて目から鱗《うろこ》が落ちた。

好きなときに好きなことができて、誰にも気兼ねがいらない生活を何十年も続けてきた。結婚したり子供ができたりしていたら、こんなに自分の好き勝手にはできない

だろう。しいを拾ったおかげで、家庭を持たないながらも、多少なりとも家族持ちの心境が理解できるようになったのではないか。

「うーむ、これは修行かも」

ネコからたくさんの幸せをもらっているのだから、こんな楽しい修行はないかもしれない。自分の思い通りにしようとしたのが間違いだったのだ。とはいえ、修行が足りない身としては、やっぱり三日間でいいから旅行くらいしたい。

「あーあ、かあちゃん、一度くらい、このパスポート、使いたかったなあ」

つぶやきながらしいのほうを見ると、耳はしっかりこちらに向けつつ、知らんぷりしているのであった。

むれ・ようこ
1954（昭和29）年、東京生まれ。日本大学芸術学部卒。広告代理店、編集プロダクションなど数回の転職を経て、「本の雑誌社」入社。84年に退社後、執筆専業に。著書に『鞄に本だけつめこんで』（新潮社）、『トラちゃん』（集英社）、『ビーの話』（筑摩書房）、『しいちゃん日記』（マガジンハウス）、『きもの365日』集英社、『パンとスープとネコ日和』『福も来た　パンとスープとネコ日和』（角川春樹事務所）、『ゆるい生活』（朝日新聞出版）など多数。近著に『衣にちにち』（集英社）、『よれよれ肉体百科』（文藝春秋）など。

猫が結ぶ人の縁

福原義春（資生堂名誉会長）

プーが家に来て二、三年経った頃のことだが、年中どこかへ出かけるようになって、滅多に帰って来なくなった。わが家は改築した時にキャットスルーをつけたので、いつでも出入り自由だが、小さい雌猫のミーはちゃんと帰って来ているのに、黒い雄猫のプーはたまにふらりと帰って、出しっぱなしのキャットフードを急いで食べ、逃げるようにまたどこかへ出かけて行くのだ。

その謎は程なく解けた。隣の銀行の寮の管理人一家が引越の挨拶に来た。二人の娘さんが「本当はあの黒猫を連れて行きたいのだけれど」と別れを惜しんだ。プーは彼女たちの部屋に上り込んで帰って来なかった訳だ。

プーは若い娘が好きなのだ。隣の姉妹がいなくなって、しばらくは元気がないように見えたが、そのうちにわが家の娘のあとをついて歩いて二階の彼女の部屋に入り浸りになった。

娘が二階から降りて来ると、プーも一緒について来る。「あんたは犬じゃないんだよ」と私が言っても知らん顔だ。

所がそのうちに朝になると出かけて夜には帰って来るようになった。朝と言っても早朝まだ暗いうちに出かけて縄張りを見廻っているのは判《わか》ったが、それからどこで何をしているのかは判らない。それに週末になると夜も帰って来ないのだ。

ある日小唄の長生松代師匠から「この猫ちゃんはもしかしてお宅のプーではないか」と携帯電話の画像が届いた。全身黒で胸から腹にタキシードのような白い模様が入り、四本の足は〝白い長靴〟になっている。まさにわが家のプーだ。それにしてもどこかのベッドの上でリラックスしているじゃないか。

やがてだんだん事情が判って来た。松代師匠の知人の建築家・石上申八郎さんは都内にお住まいだが、当時週末は逗子のアパートで過ごしておられた。そのアパートは私の家から歩いて四、五分はかかるのだが、すぐ近所に気立てのよいボス猫がいて、何匹かの猫たちがいつも集っているのだ。

プーは世慣れているというか、物怖《ものお》じしないのですっかり石上家に上り込んで石上さんの家の猫たちとも仲良くやっていたのだ。

わが家ではとくに愛想がいい訳でもないプーは、石上さんに「クロ、クロ」と呼ばれて可愛がられていたそうだ。

ある時石上さんは私のエッセイ集『猫と小石とディアギレフ』を読んで、私がいかにして猫好きになったか、そして黒い野良の母猫が私の家に押し付けて行ったプーとミーのことを知った。そこで石上家にどこからか訪れる黒猫はもしや福原さんのプーではないかと私の小唄の師匠にメールを送ったのだった。

ちなみにこのエッセイは後日改編して、「ねこ新聞」でも二〇〇一年秋に二回にわたって寄稿させて頂いた。

こんな訳で石上さんとは資生堂パーラーで初めてお会いすることとなった。驚いたことに石上さんも私も本好き、映画好き、猫好きで全くのように趣味が一致する。石上さんは小唄を習っていて、母上の影響でよくいろいろな会に聞きに行かれる。もっと驚いたことに石上さんはパリで修行中の若い頃、スペイン生まれの建築家リカルド・ボフィルに憧れてバルセロナの事務所にここで働きたいと訪ねて行ったそうだ。だから石上さんはボフィルの本も邦訳している。そのボフィルが今の資生堂パーラーの設計者なのだ。

それではというので、ボフィルの設計を現場でディレクションした谷口江里也さんをお引き合わせした。谷口さんは建築家で、詩人でもあり、スペインにも何年か住んでいた。

こうして黒猫プーは知らない人同士を次々と結びつけてしまった。

それからは石上さんと私は時々会い、本や猫や美術の話をする。そして石上さんはとうとう私の小唄の松代師匠の会に出るようになった。ギターの弾ける人なので三味線も楽に覚えているらしい。

石上さんとお会いするごとにクロは元気ですか、と挨拶される。クロことプーは結構離れた家に住む人間同士がこうして知り合ったのと関係なく、自分のペースは崩さない。今もまた朝から晩までどこかへ外出だか出勤だかしている。

石上さんは、土日ごとにクロがやって来たのはその朝の物音や空気で判るのじゃないかと言う。猫は全く不思議な生きものである。

ふくはら・よしはる
1931（昭和6）年、東京都生まれ。資生堂名誉会長。慶應義塾大学卒業。資生堂創業者・福原有信の孫。53年資生堂入社、同社社長・会長を歴任し、2001年より名誉会長。企業メセナ協議会会長、東京都写真美術館館長、文字・活字文化推進機構会長等、公職多数。旭日重光章、仏レジオン・ドヌール（グラン・トフィシエ）勲章、伊グランデ・ウフィチアーレ章等、受章多数。『多元価値経営の時代』『だから人は本を読む』（共に東洋経済新報社）、『猫と小石とディアギレフ』（集英社）、『本よむ幸せ』（求龍堂）等著書多数。近著に『道しるべをさがして』（朝日新聞出版）がある。

あとがき「わが家の猫に違いない」

出久根達郎

会議が終ったあと、自宅の方向が同じというAさんが、どうです、お時間があるようでしたら、お茶をおつきあい下さいませんか、おいしいコーヒーの店があるのです、と誘う。コーヒーには目が無い方だから、二つ返事で承諾すると、Aさんがタクシーを拾う。近所のコーヒー店と思っていたら、深川の清澄庭園のそばという。車で三十分かかる。

タクシーを下りて、裏通りを少し歩いた。確かこの辺だが、とAさんが首をかしげた。夜間に一度だけ入った店なので、昼来てみると、どうも勝手が違うらしい。すみませんね、とAさんがしきりに詫びる。まあ、ゆっくり探しましょうよ、と答えた。店名は覚えていない、と言うので少しあわてた。

二人で左右の商店を見ながら、探す。喫茶店らしき店は見当らない。

電柱に、猫の写真が貼ってあった。思わず、あっ、と声が出た。迷い猫、探してます、の貼り紙である。

「どうしました?」Aさんが驚いて引き返してきた。

「Aさん、この猫、わが家の飼い猫です」

「えっ。瓜ふたつという意味ですか?」

「いや、わが家の猫です。間違いなく」

「でも、某さんの飼い猫とありますよ。宅配便を受け取っている最中、ドアから戸外に飛びだし、それ以来、行方不明、五歳のチンチラの雄、とあります」Aさんが貼り紙を読んだ。「名前は、ラックだそうです」

わが家のチンチラは、十五歳である。

「Aさんのおっしゃるように、瓜ふたつ、ということです。でも、そっくり。うちの猫が五歳の時の顔そのものです、これ」

「私は猫を飼ったことがないのでわかりませんが、猫って皆同じ顔のように見えますが、違うんですすね？」

「皆それぞれ違います。似ている方が珍しいんです。ただ、写真で見ると……」

「そっくりに見える、と？」

「写真のせいですね。いやはや」私はもう一度じっくりと眺めた。わが家の猫としか思えない。結局、コーヒー店は見つからなかった。帰宅して、実物を確かめた。似ていない。全く似ていない。なぜ、あの時、わが家の猫と思い込んだのだろう？　その方が、よほど不思議である。

本書に収められた猫の話を読んでいると、これはうちの猫のことだ、と誰もが思うに違いない。してみると写真だけが錯覚させるのではないようだ。

ねこ新聞

150号記念号　2012年8月号

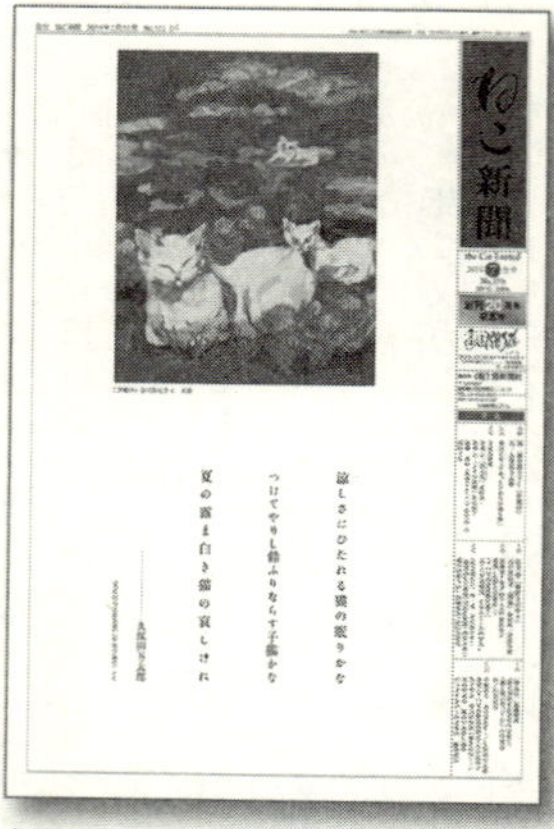
ねこ新聞

涼しさにひたれる猫の眠りかな
つけてやりし鈴ふりならす子猫かな
夏の露ま白き猫の哀しけれ

創刊20周年記念号　2014年7月号

1994年7月に創刊された、世界で唯一の“猫”を題材とした大人感覚の文学紙、月刊『ねこ新聞』。約1年後11号を発行したところで編集長の原口緑郎氏が脳出血で倒れやむなく休刊。その後、左半身完全麻痺の障害手帳1級、車椅子生活となったが、5年7ヶ月のリハビリ休刊の後、2001年2月に復刊。2008年6月号で記念すべき通算100号、2012年8月号で通算18周年・150号を達成し、2014年7月号で創刊20周年を迎えた。

創刊から現在まで『ねこ新聞』は“猫の霊力”を信じ、広告を入れず夫婦二人三脚で、心の癒しや安らぎを追い求め続けている。

カラーグラビアの表紙は毎号、季節や特集にイメージをあわせた、猫が主題の『名画』と、詩や俳句などの『文学作品』の意外な組み合わせが評判を呼んでいる。


なお今回のエッセイは2008年に発売された『猫は魔術師』、2013年に発売された『猫は音楽を奏でる』に掲載された作品の中から選りすぐった40篇と『ねこ新聞』154号（2012年12月号）から178号（2014年12月号）までにご寄稿くださった著名人約50名の中から11名を選ばせていただきました。

『ねこ新聞』から生まれた本。

『猫は音楽を奏でる』

角田光代、三浦しをん、恩田陸、
北村 薫、養老孟司…
「猫」の不思議な魅力に酔わされた
42人が綴る愛猫エッセイ集。

定価：本体1200円＋税
ISBN: 978-4-8124-9390-8

『猫は魔術師』

あさのあつこ、群ようこ、浅田次郎、
山田洋次、髙村 薫…
愛猫への溢れる想いを綴る
珠玉のエッセイ40篇

定価：本体800円＋税
ISBN: 978-4-8124-3646-2

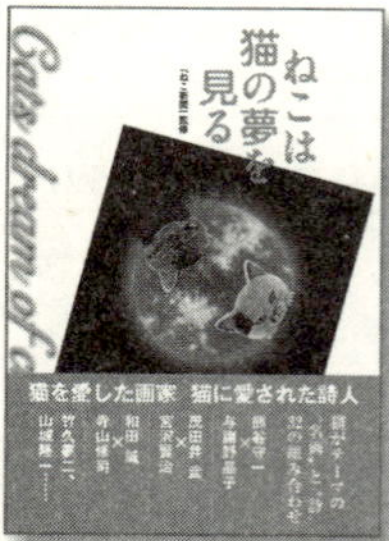

『ねこは猫の夢を見る』

猫に心を奪われた
大人たちに贈る絵本。
月刊『ねこ新聞』の表紙に描かれた
猫が主題の“絵画詩集”

定価：本体1600円＋税
ISBN: 978-4-8124-3692-9

猫は迷探偵

2015年11月9日　初版第1刷発行

監　修　月刊『ねこ新聞』編集部

発行人　後藤明信

発行所　株式会社竹書房
〒102-0072
東京都千代田区飯田橋 2-7-3
電話　03-3264-1576（代表）
03-3234-6244（編集部）
HP http://www.takeshobo.co.jp

印刷所　凸版印刷株式会社

ISBN978-4-8019-0541-2　C0195

本書は、小社より単行本として刊行された『猫は魔術師』(2008年10月)と『猫は音楽を奏でる』(2013年3月)を再編集し、新たに『ねこ新聞』2012年12月号から2014年12月号までにご寄稿くださった著名人のエッセイの中から選ばせていただいた11篇を加えて文庫化したものです。